成全

今何夕 著

天津出版传媒集团

天津人民出版社

1

同居之后，从不看书的女人是不是很恐怖？

徐世炜坐在床头，手里捧着一本书，眼睛有意无意地瞄着林若兰。她刚洗过澡，坐在梳妆台前擦拭着湿漉漉的长发，穿着天蓝色的浴袍，隆起的小腹使她看起来像一只笨熊。

粗略算起来，林若兰怀孕差不多六个月了，徐世炜总是不提领结婚证的事，而林若兰看起来也并不着急，连些微的暗示都没有。她越是风轻云淡，他反而越有些兵荒马乱。

有人说，人跟人之间有一种能量的传递，也就是所谓的磁场。这种磁场在不停地运转着，使得一个人的行为举止，影响着身边的人，所谓近朱者赤，近墨者黑。

对于喜欢看书的徐世炜来说，林若兰丝毫没能近到他的赤，他根本就没能发挥什么影响。她一直是手不沾书，无论他多么努力地不动声色地感化，她就像喷了一吨的发胶般顽固。

林若兰在镜子前自言自语："过几天我就要把这长发剪掉了，真可惜，留了好多年了。"

徐世炜装着没听到，也不接话茬。

1

因为自从她怀孕而被迫继续同居后，他们之间可说的话越来越少。两个人的距离近了，身上的缺点被无限放大，突然之间，她变得很陌生，他这才发现他们根本就没有共同话题。

他喜欢旅游、文学与财经，而她呢，除了看那些庸俗、无趣的情感电视节目外，就是浑浑噩噩地活着，虽然她读过大学、留过洋，还是一家外企的中国区市场总监。

她还爱吃。在怀孕前，她把吃东西当成缓解压力的手段；怀孕后，她不得不吃。

有次他说："林若兰，我怎么发现你除了吃以外，没别的爱好呢？"

林若兰当时正在啃猪蹄，她先是愣了一下，然后把猪蹄放下，从拎包里拿出一张纸巾，慢悠悠把嘴擦干净，皱着眉头质问道："难道在你的眼里，我就是一个吃货吗？"

他心里偷着乐，嘴上连忙说："没有，我只是觉得我还不太了解你。"

她想了想，也就没再追究，继续啃她的猪蹄。

他看着眼前的女人，觉得自己对女人的想象被她毁了，对生活的憧憬也随之被她毁了。

平时在家里时，两个人各有各的忙：他书不离手，她眼不离电视；他上网查旅行路线，她就去菜市场买一大堆食材拎回家，锅碗瓢盆叮当响，自己做了自己吃。

徐世炜在心里想：林若兰，我就跟你耗，看谁耗得过谁！

林若兰也想：徐世炜，这场冷战我打定了，只有一个男人像一个男人，一个女人才能像一个女人，想让我乖乖向你臣服，摇着尾巴向你乞怜温柔，没门儿！

　　她把擦头发的毛巾扔在椅背上，被他用余光看到了，他心里恶狠狠地在骂她，为什么不能把它放回淋浴间内，屋子已经够乱的了，自己从不收拾，还到处乱放东西！

　　虽然对她有着越来越多的不满，在情绪上积压了越来越多的烦躁，但他从来不说出来，他是一个有教养的男人，知道顾及女人的自尊，更知道保持自己的风度。

　　林若兰爬上了床钻进了被窝里，看了一眼徐世炜，他像是在认真地看书。她把腿从被窝里伸出来，指着小腿说："世炜，你看，我的胎记长在小腿上，你身上有胎记吗？"

　　"没有。"他眼不离书，心里在嘀咕着：赶紧睡吧，别打扰我了。

　　"有人说，身上的胎记是上辈子死时的伤口，现在想想，发现还是挺有道理的。我觉得我上辈子应该是一个动物，被猎人打了一枪，就打在了腿上。看，这就是伤口，然后，被一个好心人救了，但也没逃厄运，你应该就是上辈子救我的那个好心人，这辈子我是来报恩的。"

　　徐世炜道："你可以当作家了。"徐世炜心想：这分明就像是在报仇的。

　　"我的生活比小说里的惊心动魄多了。"林若兰抚摸着小腹，深深地叹了口气。两个人生活在一起，一旦不如意时，就会觉得单单是自己委屈。

徐世炜把书放在床头柜上，下床换了套衣服，拿起外套就出门了。她总是有能力把他搞得心烦意乱，而他看在孩子的分上，不想跟她争吵。她就那样看着他出去，连个招呼也没有，她抬头看了看钟表，11 点 32 分，夜生活才刚开始，她知道他是去酒吧了。

怀孕的日子每天都像是在炼狱，她只能装着坚强，咬着牙也要把这些日子挺过去。

她踱到书房，从书柜里拿出昨天看了一半的书，准备今天把它看完。很多个他不在的晚上，她都是靠看书打发时间的，其实时间并没有想象的那么难打发，只是需要做一些牺牲，做一些以前自己从不做的事情，比如看书。

林若兰觉得一个人在社会中滚爬数年后，她所积累的阅历是从书本里得不到的，她以前无法静下心来看书，因为满脑子都是工作和人情世故，她处在一个你死我活的环境中，一刻也不能松懈。而现在，受他的影响，她把看书当成一种缓解压力的方式，并且很奏效。

只是，她不愿意在他面前看书。她希望他们在一起的时候，可以把时间用在更有意义的事情上，比如一起做做饭，比如看看电视，即使嬉闹一番，也比这样冷冷清清强啊。而不是两个人各捧一本书看，就像是小时候在教室里那样。

她最不喜欢他身上的一个习惯就是，在她面前看书。

但她爱上徐世炜的第一个原因却是，他热爱看书。

矛盾吗？

但林若兰觉得，喜欢看书的男人就像是一抹春风，温暖而邪恶，漂亮是女人的姿色，智慧是男人的姿色。喜欢看书的男人能做大事，因为他们沉着，能静下心来思考，不浮躁，谈吐优雅，就像是舌尖上开满了鲜花，他们有能力让别人心花怒放，静时处子动若脱兔。

当她刚打开书，正准备看时，手机响了。她知道是柳含烟打来的，除了她，不会有人这么晚打电话给她。不过，在她与徐世炜刚认识的时候，他也天天这么晚给她打电话，虽然睡意蒙眬，但也爱欲朦胧，口口声声地说想她爱她。但现在，都成了远古旧事了。

她不慌不忙地走到客厅，从包里拿出手机，看了一眼号码，确实是柳含烟。

"兰，他约我去酒吧。"一个温柔的声音传来。柳含烟总是叫林若兰为兰，柳含烟说她最喜欢的花不是玫瑰花，而是兰花。

"随你。"

"我就知道你会这样说，我正在去酒吧的路上。"

"没重要的事情不要打电话给我，我们的协议上写的不是很清楚吗？"

"你的协议上还说了，如果他约我出去，都要立即向你汇报的。"

"还有什么事吗？"林若兰不想再争执，她知道并不是谁都全心全意地善解人意。

"暂时没了。"

"嗯，拜拜，记住协议上说的：不准跟他上床。"

"我再重申一遍：我不是妓女。"

林若兰把电话挂掉后，清空了已接来电里的全部信息，虽然徐世炜没有卑鄙到偷看她的手机，但她还是要以防万一。也许紧张过度吧，林若兰怕哪一天被他发觉了她的局，破了她的计。

心里钝钝的，男人心甘情愿地把钱花在一个陌生女人的身上，面对他熟识的女人，却连柔声细语的问候都那么吝啬。人生若只如初见该多好，但是，倘若不走进别人的世界里，怎么会知道别人与自己的灵魂是那么的贴近，那么的融合。

柳含烟曾这样对她说："兰，你是一个有钱但缺爱的变态女人。"

当时的林若兰只是不以为然地笑了笑，冷气逼人，还不忘为自己反驳一下："我只是想知道我爱的人他心里是怎么想的，这有错吗？"

很多事情都是没法用对与错来评说的，特别是以爱情为理由做出的任何荒唐事，尽管会成为众矢之的，也会有人心甘情愿地做，像是得了失心疯。

林若兰就很理直气壮地认同自己。徐世炜并不是一个沉默寡言的男人，有些话如果不对她说，肯定会对别人说。她需要知道徐世炜心里都想些什么，她没有办法直接问，这会显得很愚蠢。于是，她想出了一个精明的点子，与网络情感写手柳含烟签了一份协议，让柳含烟去接近徐世炜，走进他的生活，读取他的心事，然后传达给她。

尽管柳含烟说林若兰是一个变态的女人，但贪钱的柳含烟还是欣然地在那张协议上签了字，林若兰把一叠钱扔在桌子上，叮嘱她："把他所说的每一句话都一字不漏地记住，然后告诉我。"

她不会逼着徐世炜跟她领结婚证，狗急了还会跳墙呢，更何况男人有时候连狗也不如。

她也不会傻到把徐世炜惹毛了，而是就这样过着稀里糊涂的算计日子，这就像是一个赌博一样，先赢的都是纸，最后胜利的赢的才是钱。

她愿意铤而走险与他周旋，谁让她爱他爱得没任何道理可讲呢。

徐世炜也不是一个省油的灯，他有着自己的小算盘，林若兰肚子里怀的是他的孩子，于情于理不能放任不管，虎毒还不食子呢。更何况，他并不是那种没良心没仁慈心的男人，既然你要把孩子生出来，那他肯定得要，自己的亲骨肉可不能成了野孩子。他心想着等孩子出生后，他一定要把孩子抢过来，然后跟这个女人一刀两断。

有时候，心软了一下，可能就会毁了一辈子。

每个人都是怀揣着自己的小心事，它们就像是完美的剧本。但是，一步错，步步错，连 NG 的机会都没有。生活，就是一场阴谋接着另一场阴谋，没有人知道自己何时会被算计，也没有人知道自己会落到何种下场，却只能凭着自己的感觉去活着，活得越来越没有感觉。

2

尽管已经怀有六个月的身孕，林若兰仍旧是坚持每天去上班。

她说她不能停下来，生活只能靠自己，独立是一个女人成功的天理。

她来自四川，北京读的大学，美国读的硕士，回国后就一直留在北京。六年，她从一个普通的市场专员，做到了这家公司在中国区的市场总监。有人说，她很幸运。

她并不解释，因为幸运的背后是努力与付出。

那些没日没夜的工作、那些对客户的负责与认真、那些自己跟绩效指标的较真、那些被拒绝的苦涩，甚至被上司和客户若隐若现地骚扰，全都没有人看到。别人只会看到她光鲜的一面，多么耀眼的光环啊，而她累了一整天，蹲在路边啃饼干的样子，从来没有人发现。

每一个人的成功都不是偶然的，而是日积月累、心血浇铸的必然。

忙碌让她根本就没时间琢磨是否喜欢这座城市，就像很多北漂族一样,她只能硬着头皮往上层挤,谁都想俯视这座城市,但它绚烂得使你根本就没有办法抬头看清它的全景。

六年了,她没有时间谈恋爱,没有时间旅游,唯一循环着的就是不停地工作,两点一线来回穿梭,就像是织布的梭子,命运和岁月是坐在织布机上的人,唧唧复唧唧。

之前的那个市场总监吴月,也是个女人,她是自动提出辞职的。

一个 29 岁的外企高管,她很平静地对林若兰说:"我得了重度抑郁,每天都活得虚张声势,每天早上一醒来,脑子里就全是 KPI(绩效指标),这年薪百万的生活我坚持不下去了,我要回老家,当一名小学教师,拿着每个月 800 块的工资,这收入就像我跟朋友吃一顿饭的价格。无所谓,就当做疗养吧,辛苦地向上爬,到头来还是被生活打回了原形,像我这种人,没福享受。"

这就是我想要的生活吗?林若兰开始思考这个问题。是的,她累了。

当她坐进宽敞的独立办公室里时,就那样站在窗前眺望着,能看很远,这座城市就像簇拥在她的脚下,受再多委屈也没流过泪的她,眼泪哗哗地向下落,那是辛酸的泪。

一个人拿着数百万的年薪,在独立的豪华办公室里办公,有很多手下听她的号令,在行业里有很大的知名度,纵使这样又如何?没有人分享的生活,还不如在地狱待着。

她已经 31 岁了,感情生活却还处于实习生的阶段。

于是，她就遇到了徐世炜，一个就像是迪奥香水般久久散不去的男人。

那天没什么特别的，她像往常一样光顾这家酒吧，她喜欢那个靠窗的位置，因为可以发呆地看着街上涌动的身影，什么都不用想，就那样喝着酒、抽着烟，看窗外人来人往，听市井声声。

她以前并不会抽烟，现在也是，只不过喜欢让尼古丁在舌尖打转，着迷那烟雾在空中跳舞的婀娜多姿，她终究也知道了自己的寂寞，于是，对那些不断试探她的空虚仁慈无比。

这时候，有一个男人就站在窗外对着她笑，透过玻璃墙定定地注视着她。

她一时有些慌乱，下意识地抖了抖烟灰，耳边响起了那个酒吧男驻唱唱的歌："只是因为在人群中多看了你一眼，再也没能忘掉你容颜。"当她缓过神来的时候，那个窗外的男人已经坐在她对面了，笑得很邪恶，却也很主动，她却有些害羞地装着四处张望。

他莫名其妙地上来就问："你是不是有法术？"

林若兰不解地皱着眉头，她看着他，就像是看着一个算命先生在给她卜卦。

"你一定有法术，因为当我看到你后，腿就不听使唤了。"他一脸无辜的表情。

林若兰噗一下就笑了，这都什么跟什么啊，搭讪也不必弄得这样神秘兮兮。但她还是给了他一个好脸，毕竟自己闲坐无聊，而这男人就像是一个活宝，开开心是可以的。

　　"我叫徐世炜。"他不由分说地抓起她的手，在她手心里写他的名字，"记住了吗？"

　　"你经常像这样勾搭陌生女人吗？"林若兰故作生气，冷冷地问。

　　她知道眼前这个男人很危险，她还没有想好要不要进入一场刺激的游戏中。而他让人着迷，因为他会让你的生活里有很多意想不到的事情发生，惊喜、冒险，都会款款而来，甚至都不知道何时会戛然而止。

　　"很偶尔，不过我觉得我们应该在别的什么地方见过。"他一直是嘴角挂着俏皮的笑，有着丰富的表情，让人无法视而不见。

　　"拜托，很落伍的搭讪。"林若兰想给他一个下马威，不是有人说过嘛，男人跟女人在一起就是一场博弈，弱者往往处于被动地位。

　　"是吗？我有信心它有一天还会流行。"徐世炜要了一杯扎啤，从口袋里拿出香烟，递给林若兰一支，"我们做一个交换如何？你告诉我你叫什么名字，我帮你修一个漂亮的发型。"

　　"我叫林若兰，不过，我这发型是今天刚修的。"林若兰嘴角含着笑意，毕竟作为一个暂时逃避残酷职场的单身女人，谁都没法抗拒突如其来的邂逅，还是一场有点质量的邂逅。

"你是不是欠那个发型师的钱？还是你做了什么对不起他的事？"徐世炜瞄着她的头发，意味深长地感慨。

"怎么说？"林若兰下意识地摸了摸自己的头发，没发现有什么蹊跷。

"这发型不适合你，你额头饱满，尖下巴，与垂下来的刘海很不搭。还有，你的肤色适合亚麻色的发色，考虑过染发吗？"

"你好像对头发很有研究？"

"这是我的专长之一。"徐世炜神秘地一笑，悠闲地吐着烟圈。

"泡妞也是你的专长之一吧？"林若兰又要了两杯黑俄罗斯，她想请徐世炜品尝一下她最爱喝的——女人动情的时候，一般分不清你我，她们往往觉得自己喜欢的别人也一定喜欢。

"让女人快乐，是男人们应尽的义务。"

"你答非所问！是在回避吗？"

"女人又不是方便面，非要拿开水泡才能吃？"

"你经常来酒吧？"林若兰觉得他很善于狡辩，自己应该不是他的对手。

与一个聪明的人打交道，糊涂装傻也是一个勾引的手段。这一招，无论对男人还是对女人都是必杀技。现在，林若兰想试试这一招。

"是的，旁边那家酒吧是我哥们开的，我下了班后会来捧场，今天恰好就看到了你。"徐世炜眉角眼梢里闪着激情，这让林若兰很羡慕，现如今很多人却只对钱财怀有激情。

他是一个充满着活力的男人，举手投足间散发着勃勃生机。

林若兰就不同了，几年的职场打拼，激情、希望、梦想都在慢慢消磨着，眼看着它们黯然失色了，却一点办法也没有。疲倦和厌倦时时就挂在她的眼角，能将她打垮。

心累了，就想找个地方休息一下，而眼前的这个男人，就像是那个地方。

有时候，并不是别人像谁，而是你把别人当成了谁。

林若兰想到这些，心底泛起了一层层涟漪，虽然表面上若无其事，其实内心里早已翻江倒海，动了心思，这个刚刚见面的徐世炜，她能把他当成谁呢？她若有所思。

他们喝着酒，漫无边际地聊着，大部分时间是他在说，她听。

他像是天生无拘无束，不仅跑进吧台里调酒给她喝，还在驻唱歌手中场休息的时候自己到台上唱歌，他唱的是陈奕迅的《K 歌之王》，其中有一句歌词他是念的。

他说："你不会相信，嫁给我明天有多幸福。"

林若兰感动得鼻子酸酸的，她觉得，那句话像是对她说的。

夜深了，他们走出酒吧，在灯光辉煌的大街上肆意地笑，东倒西歪的，他们都醉了。

有些人就是这样无意间撞进了别人的世界里，两个人的生活一起发生天翻地覆的变化。所有的相遇在开始的时候都是美好的，它会随着相知而慢慢地改变，或丑陋，或更好。

林若兰说："谢谢你，我好久好久没有这么开心了。"

徐世炜说："我很幸运。"

林若兰在心底暗暗说，我比你更幸运！

是真的，她就像花儿一样正在慢慢地枯萎，徐世炜的到来，如雨露般让她复苏。她开始感激生活给予她的，在她拥有了事业后，从天而降了一个男人，纵使他是怀有某种目的。

林若兰心想，倘若他只是想玩一夜情，那么也随他陪他，就算一夜情之后成为陌路人，又怎么样呢？她也算是了却了一个男人的心愿，算得上是功德一件。

就这样想着，那天晚上她去了他家，两个人和衣躺在床上，就那样睡着了。

第二天早晨林若兰醒来的时候，徐世炜还在熟睡。

她蹑手蹑脚地爬起来，四下里打量着卧室，墙壁、床单、台灯、窗帘、衣柜都是纯白色的，墙上挂着几张用铅笔画的人物抽象画。她又轻手轻脚蹀到书房里，两个大书柜里摆满了书，她惊讶不已，没想到这个多情的男人，在酒吧勾妹子的男人，还有这等爱好。

林若兰走进厨房，从冰箱里拿出食材，给徐世炜做了一碗汤，端到他面前，一口一口地喂他吃，徐世炜很激动地握住她的手说："我长这么大，你是除了我妈妈之外，第一个做饭给我吃的女人。"她不知道该说什么，如果能做一些事情让别人感动是幸福的。

"我觉得像你这样的男人不应该喜欢白色。"林若兰心想，他应该喜欢红色，是那种充满热情、激情的花心颜色。

"我最喜欢的是白色，简单而精致。生活就应该纯粹一点，但是一定还要是丰富的。你应该喜欢黑色。"

"你怎么知道我喜欢黑色？"

"秘密。我还知道喜欢黑色的人很邪恶，对人天生的有防御、顽固、执著、冷漠、悲伤。"

就这样，林若兰平静的生活里多了一个人。

他的笑声像大海。他去过很多地方，玩过跳伞潜过水，在海边的樱花树下喝过咖啡，在梅里雪山上拍过照片，他在说话的时候绘声绘色，那些美丽如画的地方，她仿佛是身临其境。

徐世炜说："有很多美丽的地方我要带你去。"

3

　　林若兰说："我希望我喜欢的男人喜欢蓝色，我觉得喜欢蓝色的男人温柔，我喜欢温柔的男人。"

　　"搬过来住吧，我把家里所有的东西都换成蓝色的。"徐世炜抚摸着她光滑的脊背，信誓旦旦地说。

　　"这张床上睡过多少女人，你还数得过来吗？"林若兰抬起头，直视着他的眼睛，就像是能看透他的灵魂。

　　"在你眼里，我就是一个滥情的男人吗？"徐世炜反问着，嘴角泛着坏坏的笑，有种孩子般的神情。

　　"来这里睡过的每一个女人，你都会邀请她们搬进来跟你一起住吗？"林若兰在说完这句话后才觉得有些不妥，她不擅长应对男人，而此时咄咄逼人，一点也不可爱。

　　一个聪明的女人从不会让男人难堪，林若兰自己开始无地自容了。

　　"为什么你觉得你跟她们一样？"

　　"我跟她们不一样吗？"

　　"不一样，她们会迫不及待地炫耀自己，满嘴的名牌，却连香奈尔的英文怎么拼也不知道，庸俗到以为重庆是四川的，把睡过的男人比鞋子多当成骄傲，趾高气扬地把香烟吸到一半就掐灭，还自捧为时尚。"

"女人都虚荣，如果有女人在一个男人面前炫耀，说明是看得起这个男人。"林若兰为女人们声讨着，虽然她也不怎么欣赏他说的那类女人。

"哦……原来这样，"徐世炜若有所思地点头，但这并不代表他认同她的观点，"那么，林老师，如果一个男人看得起一个女人，应该怎么表达？"

"应付女人，你比我专业吧？"

"等我把家里的所有的东西都换成蓝色的时候，搬过来如何？"徐世炜很真诚地说着，他嘴角没有邪恶的笑意，活像个纯情大男生。

林若兰被他的眼神征服了，眼神是那么灼热而满怀期待，看上去比求婚还郑重。

"这么希望我搬过来？"林若兰嘴里反问着，心里已经同意了，可她还是想确认下。他们相识还没到 24 个小时，虽然他很吸引人，这一切似乎太快了，而她却又没有能力拒绝。

有一种男人，鬼魅到让人无法抗拒，纵使对他一无所知，单看一下他的眼神便能深陷。这种男人太危险了，但是却让你心甘情愿到纵使扑火，也愿意为那舒服迷人的姿势而死。

"如果你也愿意。"

"总归要有个理由吧？"

"那我说一个很朴实的理由吧，你做饭给我吃，这让我很感动。"

"我不想只是玩玩游戏。"

"是游戏还是真情，不玩怎么知道？"徐世炜的脸上又浮出了那种坏坏的笑。

女人天生喜欢冒险型的男人，有些女人或许一辈子也遇不到一个这样的男人。而林若兰遇到了，平淡而循规蹈矩的生活使得她愿意与这个危险的男人继续一段冒险的旅程，纵使没有一点安全感，可她愿意尝试。宁与聪明男人战争，也不愿与愚蠢男人为伍。

是的，是游戏还是真戏，不玩不知道。"玩"这个字很强悍的，玩好了是羡慕，玩不好就落幕。无论如何，他都不用负任何责任，在一开始，他就把自己给撇干净了，他把选择权留给林若兰，把自己放在被动的角色里，从而使得他不会成为坏男人。

而其实，坏男人并不可怕，可怕的是他们会无意中造就出很多坏女人。

"你一直是这样玩世不恭吗？"

"我只是对我喜欢的人，表达会比较直接。"

"是你伤害的女人多，还是你喜欢的女人多？"林若兰的脸上浮现出狡黠的笑，她开始不再担心会让他难堪，因为他总能兵来将挡，水来土掩。

"喜欢可以是单方面的，而伤害，绝对是相互的，多或少而已。"

"那我换个方式问，是你受到的伤害多，还是别人受到的伤害多？"

"我觉得你不像是那种打破沙锅问到底的女人。"徐世炜不由分说很轻柔地吻住了她的唇。

像徐世炜这种男人的可怕之处在于，可以狂野似猫，也能温柔如水。

而猫与水无疑是自然界中很独特的两样东西，它们都可柔可刚，能屈能伸，它们能根据生活的环境改变存在的状态，它们的生命力很旺盛；它们能臣服，也能受别人顶礼膜拜。

它们随心所欲，就像是皇帝。

虽然他们了解对方的并不多，林若兰觉得这不重要，时间就是应该用在了解别人上，两个人的生活就是相互了解的过程。她觉得跟徐世炜在一起，生活不会枯燥乏味。

充满着无数未知的明天才刺激。

虽然 31 岁的林若兰已经没有太多时间玩一场旷日持久的激情了，但她还是愿意博一下，毕竟就像是徐世炜所说的那样，是游戏还是真戏，不玩怎么知道？

或者是满载而归，或者是负伤累累都无所谓，关键是她在老了之后，可以很骄傲地说："我可以告诉你，为了情，我年轻的时候真的曾不管不顾过。"

就这样，林若兰在第二天就搬进了徐世炜的家里，她并没有矫情地让他履行诺言把整个房间里的东西都换成蓝色。她知道，跟男人较真的女人生活得都不会怎么幸福。

而徐世炜则是把那张大床换了，蓝色的床单像是大海。

徐世炜说："你是第一个我希望能搬进来跟我一起住的女人。"

林若兰微微地笑了，已经搬进来了，无所谓这句话是真是假，或许，无论多么花心的浪子都会有为一个女人收心的时候。她希望她能是那个幸运的女人，而无疑幸运是相互的。

与徐世炜住在一起后，她发现他是一个很讲究的男人，喜欢听古典音乐，三天做一次面膜，一周去一次健身房，会拿着相机拍很多静物，然后坐在电脑前 PS。他在家里时，抽烟总会去阳台。经常有闲情雅致做一桌丰盛的菜，与她吃烛光晚餐。他是一个浪漫的男人。

而林若兰爱上他的第二个原因是他热情似火。

徐世炜自己开着一家形象设计室，为时尚圈里一些名人做造型，他对女人的发型与妆容很敏感，只要是一个女人站在他面前，他能在三秒钟之内想到适合她的发型与妆容。

他做这行有十几年了，在圈内结交了不少好友，其中不乏明星大腕和各路时尚达人，但他无论对谁都显然那么的有活力，这并不是职业习惯，而是一种生活态度。他说："快乐是能够感染别人的，把快乐传递给别人，别人也就自然愿意与你交往。"

他说，保持激情就要吸收新鲜事物，与很多陌生人打交道，让自己的生活融入越来越多的新鲜血液。圈子小，见识就少，每天循规蹈矩的，熬不了多久就对生活提不起兴趣了。

所以，他经常出去参加不同的聚会，认识不同的人。

跟他上过床的女人很多，但关系维持得都不长，他不觉得自己是喜新厌旧、见异思迁，感觉这种东西来了的时候谁也没法抗拒，走的时候想抓也抓不住。

与一个自己没了感觉的女人在一起，是相互折磨，于男人也是。

不过，他不会跟他的客户上床，他说这是做生意人最需要具备的基本操守，做生意是一件严肃的事情，他唯一要做的就是给客人带来精神上的愉悦，从而建立起无形的利益链。

钱和身体能换来的客户，也一定会被钱和身体换走，但用心换来的客人会一直跟你走。

他经常看一些人物和企业家的传记，从他们的身上学习成功的捷径，他尤其喜欢那些辍学后有大成就的人，比如乔布斯，比如盖茨。他是一个有抱负的男青年，而这似乎与他那混乱的私生活无法相提并论，这就是徐世炜，一个天使与魔鬼相结合的男人。

他读完高中就在社会上混了，混得还小有成就，他没有在朝九晚六的公司里上过班，而面对像林若兰这种高级白领，他觉得很新鲜，他们就像是两个世界的人，他渴望在她的世界里摸索。林若兰与那些经常去酒吧的女生不同，她身上流露出上流女人的气质，吸引住徐世炜的并不是林若兰这个人，而是她身上所带的那些标签，这是徐世炜从未曾触碰过的。他想要从她的身上吸收到一些养分，潜意识里他想通过身体上的征服证明一些什么。

就像有些高学历、高地位的女人，却喜欢民工、邮递员、送水工人的原始而健壮一样，那些没受过什么正规教育的流荡汉子，其实对高学历女人身上的那种气质也很痴迷。

徐世炜迷恋林若兰，多少就有一些这样的成分。

但两个还没有相爱的人住在了一起，从喜欢到爱需要多长时间？

这应该问那些白头偕老或分道扬镳的男女，他们有着不同的答案，但也有着某些相似处，都无法去干涉时间的威力。或许，不是以爱情为目的的同居，都不会善终吧，谁知道呢？

徐世炜的生活很充实，与林若兰在一起后，他不再去酒吧了。

他跟林若兰说他的商业计划，那是一个很有市场，也很有执行力的计划，唯一欠缺的就是需要很大的精力把它们糅合在一起。攘外必先安内，他希望林若兰能从精神上支持他，在策划方案上帮助他，可是林若兰除了说"哇""不错""很好"外，没有说过任何实质性的内容，没提过建议，没发表过看法。他不明白这个所谓的市场总监，为什么没有自己的见解与思路，而是一味地附和，他需要的是能有一个人，告诉他这份商业计划书里还缺少些什么。

　　林若兰仍旧是每天朝九晚六，而徐世炜的时间相对宽松些，如果没有提前预约的，他很少去店里，有人替他打理。他们就像$\sqrt{3}$和$\sqrt{7}$一样，永无穷尽但不相交地开下去。

4

有人说，凡是不以结婚为目的的谈恋爱，都是要流氓。

柳含烟说："打着结婚幌子勾引单纯女生的男人，都不得好死！"

徐世炜指着豆瓣网里的一个帖子，对林若兰说："写这个帖子的女人，我很欣赏她。"

林若兰从鼻子里哼出一句话："我有时候也会欣赏像婊子一样的女人，她们把男人玩得行云流水般，把自己吹捧成女人中的贞德。"

"林若兰，我现在才发现你的词汇量很丰富，还会说婊子。"他先是愣了一下，装着不在意地打趣道，在他心里那些高高在上的高薪高学历女人，是不会说这些脏词的。

"拜你所赐，是你给了我灵感。"

"那你教我一下，'婊子'的反义词是什么？"

"去问她啊，她对这些很有研究，如果不是在男人堆里滚爬过的，怎么会有那么多关于男人女人的至理名言？"林若兰不屑一顾，她看不起那些在网上卖弄风骚的女人。

"她字字珠玑，言之凿凿，你可以鄙视她，但我觉得随意辱骂一个女性，并不是像你这样的市场总监会做的。林总监，你觉得呢？"

"我同样觉得，如果矛盾在两个女人之间诞生的时候，男人去帮一个与自己毫不相关的女人说话，也不是一个合格的男朋友会做的。"林若兰像是掉进醋坛子里的老虎，怒火一点点地压迫她的情绪。

"我是在帮你，我希望你能时刻注意自己的言行，优雅的女人是会懂得与人为善的。"

"如果你觉得在我面前称赞别的女人是为了帮我的话，徐世炜，你太高明了，你真了不起。你应该好好地向她请教一下，怎么样做女友眼中的好男人。"

徐世炜什么也没再说，而是一下子从电脑前站起身，径直向客厅走去，换鞋，拿着大衣就出去了。林若兰站在客厅里看着门关上，气得咬牙切齿。已经是深夜了，他竟然还出去。

争吵，是男人与女人走向幸福的必经之路。

有人说，真理是愈辩愈明的，感情是愈吵愈淡的。

但有时候，没有争吵就不会有妥协，没有争吵就不会有理解。有人曾说过，两个人的结合并不是1+1=2，而是0.5+0.5=1，两个人各改变一半，从而才能融合成一体。

似乎在刚开始时，徐世炜就用了冷战这种方式对待二人生活中出现的问题。他不愿意争吵，他采用回避态度，这并不怎么好，但他却觉得这是上上策，男人对女人的上上策。

林若兰回到电脑旁边，那个打开的帖子还没有关，她虽然厌恶写这个帖子的女人，但她还是很好奇徐世炜为何欣赏这个女人。

这个女人写的一句话，直接击中了她的心房："有很多人打着爱情的招牌去让欲望蔓延，到头来人会变得很尖锐，因为在没有爱的局面里，就会充斥着恶毒。"

就那样，她一篇一篇地看这个网址里的帖子，那就像是一个漫不经心的女人在诉说着与自己无关的情绪，惆怅里满怀希望、沮丧中有勇气、伤害中有醒悟，好像是不食人间烟火的冷漠女子在幽幽地怜惜世间的繁情琐事。

她拎着那些沉甸甸的句子暗自思考着，"会有这样的一类女人，她们想要遇到一个好男人，但一直无法遇到，而就是在不断地试探中，才发现自己已经变成了集邮女。当她真的遇到了，她发现自己很卑微，因为那个好男人很单纯、很干净，她们突然会自惭形秽，因为她们的灵魂已经苍老了，经历过的那些旧事让她们在笑的时候都发现自己在枯萎。"

"会有一类女人，无论嫁给谁都不会幸福，因为她们天生就不懂得幸福是什么，不会爱别人，拼了命地去找一些不是大爱的小爱。而这类女人就像吸铁石一样，没有光芒，但很有力量。"林若兰心想，难道她眼中的女人都是分门别类的？

"如若能有着美丽的面孔，再有着自我保持的决心，有着誓不罢休的坚定，懂得自己想要什么，为了得到自己想要的勇敢无比，但表面上却能不动声色，始终挂着微笑，这样的女人该多么的吸引人。"那么，她是什么样的女人？林若兰不禁琢磨着。

这个女人还说，她欠自己一份幸福。

林若兰心想，每个女人都欠自己一份幸福，因为根本就没有谁能说出什么是幸福。她不明白这个女人是怎么样写出那些让徐世炜欣赏的句子的，而她似乎也被她吸引住了。

林若兰心想：这个女人并不是一个婊子，而是一个会洞察人性的可怕妖精。她不希望徐世炜去招惹这种女人，他玩不起。

她走进了徐世炜的书房中，从书柜里抽出一本书，她看他看过的书，想搜索他的心路。

男人会对什么样的女人着迷？这是一个永恒的话题。

爱上一个人，并不是因为她是谁，而是你把她当成谁。世间从不缺少迷人的姑娘，只不过，有些姑娘在男人的眼里如苍狗浮云，而有些人则如月光般投射到了他的心口。

徐世炜去了他朋友的酒吧，刚坐下就要了一杯扎啤猛喝。

他说女人会变，认识的时候是一个样，熟识的时候就变成另一个模样了。而当他有这个想法的时候，他跟林若兰也不过是刚同居了一个月。

他朋友看到他时，还难以掩饰惊讶地说："世炜，怎么又出来啦？不是说家有女人可安心，以后就不出来泡吧了吗？该不会是突然又想开了吧？"

是的，他说过，他说玩了那么久想歇一歇了，也该歇一歇了，况且又遇到了一个风光无际的女人，他想要尝试着把心安定下来，已经 39 岁了，是时候要有个家了。

他真的曾经以为林若兰会是他的归宿，她是那么恬静。然而，男女之间，无论是多么事业有成的女人，都不及与男人有共同话题保险——当然，一心吃软饭的男人除外。

林若兰没有让他有袒露内心的冲动，他们所聊的都是一些不痛不痒的小事，他需要的是能让灵魂共通的伴侣。"才一个月就没话说了，多可怕啊！"徐世炜轻声嘀咕着，满是无奈。

"在一起五年都有话说，她不是该跑还是会跑的吗？"哥们儿刘铁很不以为然。

刘铁又想起他的初恋女友了，他经常想起小闵。

他们读大学时相识的，两个人毕业后进了同一家公司里上班。那个女孩是个很有主见的人，她一心想要出国留学，可是家庭条件并不好。他对她说："我一定会挣钱让你出国的。"

刘铁一边努力地工作，一边帮小闵办签证。两年后，小闵如愿以偿，欢天喜地地拿到了澳大利亚的出国留学签证，在出国之前还掏心掏肺地说："等我回来了，我们就结婚。"

谁知道当小闵去澳大利亚一年后，就提出了分手。刘铁不甘心，他要去澳大利亚找她。一年后，他也顺利拿到了澳大利亚的留学签证，只是当他到了澳洲出现在她的面前时，她很平静地说了一句让他泪奔的话："如果你能早来一年，我肯定会义无反顾地跟你结婚。"

虽然他失去了她，却在澳洲留学期间认识了另一个女孩，也就是他现在的老婆。

失之东隅，收之桑榆，世间很多事都这样，不单是感情。事情已经过去那么多年了，每次想起来他还会欷歔不已，如果再给他一次机会，他不知道还有没有那种勇气了。人在年轻的时候，总以为自己是可以改变命运的；到中年时会发现，命运还是强悍到能改变人。

纵使小闵深深地伤害了刘铁，但刘铁还是会经常想起她，他有次还在 KTV 喝醉后，竟当着很多朋友的面说："去他的刻骨铭心，刻的是男人的骨，铭的是女人的心。"

谁都在爱情里犯过傻，有首歌就是这样唱的："第一次爱的人，她的坏她的好，就像胸口刺青，是永远的记号。"有些记号可能一辈子也没法抹去吧，就那样依附着，直到生命结束。

徐世炜说："别拿那些陈芝麻烂谷子再来刺激我了。"

当然，徐世炜也有过一段青葱岁月。

"看来，那个能收服浪子野心的女强人还没有出现。"

"至少她不是，"徐世炜就像是从鼻子里发出的声音，"不过，我倒是见识了一个女人，很厉害，写帖子的，她把男女生活写得很透彻。我记得印象最深刻的一句话是：女人都是在夜以继日地寻找一份安全感，分开来谈无非是物质给予的安全感，情欲给予的满足感，精神世界给予的成就感。她还说，忙着演戏给谁看，最终你不过只是成为别人眼睛游动的弧度。对了，我最赞同她说的一句话是：倘若一不小心爱上了个二流货色，不能指望你能感化她，除非你愿意用你的生命去唤醒她的良知。"

一说起这个女人，徐世炜的眼睛里就闪着激动的光，是如此的明亮。

书生爱上的女人，一般都要先以文字打动他。

"文笔还可以，不知道人长得怎么样。"

"像我这么有深度的男人，只喜欢有思想的女人，容貌不重要。不过，漂亮一点也无所谓了。"徐世炜笑了，这些天一想到林若兰他就皱眉头，而聊起他欣赏的女人则笑声不断。

"赶紧出手啊，我还没见过被你搞不定的女人。"

"留了好几次言了，不理我……"

5

　　住在一起时，林若兰回到家如果没看到徐世炜，就会坐在电视机前等他。

　　林若兰白天一直在面对电脑，处理着紧张的工作，在家里，看那些轻松的电视节目是一种减压。但这在徐世炜眼里就不同了，他觉得她是在退化，所有看电视的女人都是在退化。

　　徐世炜给了她一张健身卡，林若兰去了两次后就再也不愿意去了。

　　人们常常会习惯性地把自己喜欢的东西强加在别人的身上，特别是在赠予的时候，往往会把自己喜欢的东西送给别人，而不会考虑别人想要什么。人，就是这样不周全地活着。

　　就像是徐世炜送给林若兰的健身卡，目的肯定是好的，然而林若兰并不喜欢去健身房，这还不如去绿植公园散步，可她只字不提。她想，你自己不能体会到吗？我为什么要说？

　　刚开始，徐世炜还向她秀着厨艺，慢慢地，他的浪漫细胞就像是一下子全死光了，笑脸少了，话也少了，一到家就拿着一本书看，心事重重。林若兰尝试着要跟他沟通，他却摆出一副拒人于千里之外的姿态，无论跟他说什么，他总是眼不离书，有时还答非所问。林若兰生气也无济于事，她只好安静地看电视，期待着他过来示好，却总是事与愿违。

如果他只是在家里看书还好，他开始很晚回来，满身的酒气，她知道他又回归到了以前泡酒吧的日子。林若兰心里很苦，但只能背对着他流泪，她不知道她什么地方做错了，却又不能像心眼小的女人那样指责他不该去酒吧，毕竟她知道他酷爱自由。她愿意给，而徐世炜却逐渐超过那个度，甚至在凌晨过后回到家，还有女人打电话给他，而他竟然也不避讳，躺在她旁边一聊就是很久，她装着熟睡，手却紧紧地抓着床单，指甲疼得都麻木了。

她甚至开始自我安慰：如果他知道我并没有睡着，肯定会收敛很多。

有一次，他照例是很晚才回来，她就坐在沙发上等他，这天是她的生日，桌子上摆着生日蛋糕，她没有提前告诉他，这也不算是什么大事，能与他在一起，她已经不奢望什么了。她告诉自己：等他回来后，要像个懂事的女人，不能闹情绪，因为今天是一个应该开心的日子。

他脱下外套，搭在衣架上，看到她时，他不由得愣了一下，她也是。

他竟然若无其事地说："今天不是我的生日吧？"

林若兰就那样默默地看着他的脸，在脸颊上有几个红色的唇印，她心里钝钝的，怎么努力也笑不出来，她很想装着没看到，甚至还暗暗希望他赶紧去把脸洗一下，可他却还嬉皮笑脸地坐在她对面，看着她因愤怒而涨得通红的脸，一副若无其事的样子。

"今天是我的生日！"林若兰一字一顿地说，她希望能看到他的内疚。

"32周岁了是吧？"徐世炜像是在故意地激怒她。

"是的，32岁了，人老珠黄了，离豆腐渣越来越近了。"她紧紧地握着拳头，暗暗地使劲消除怒气，林若兰劝告自己不能让他得逞，他越是想让她生气，她越要平静。

"那我出去给你买个礼物吧。"他虽然这么说，但却没有起身的意思。

"你脸上女人的杰作，就是给我最好的礼物了。"她笑着说，有一丝苦涩没有被她隐藏好，随着笑意浮在脸上。她知道他希望被揭穿，既然如此，那就让他如愿得了。

"脖子上也有，你看。"徐世炜得意扬扬，把脖子也歪过去让她看。

"这样羞辱我，你很开心吗？"林若兰的眼泪都快下来了，她却不能像个泼妇那样站起身抽打他，或者随便拿起什么摔，她只是无奈地摇着头。

是的，已经32岁了，她不能像年轻的小姑娘那样为所欲为，闹脾气不是她的作为，殊不知她的忍让导致他变得越来越放肆，她性格里的柔弱一面却被他拿在手心里蹂躏。

"我没有羞辱你，我只是想把选择权留给你。"徐世炜收回了玩世不恭的表情，他很严肃地说着，就是想让她明白：我是在给你面子，让你先提出分手。

"你让我还有选择吗？"林若兰苦笑了一下，这男人真狠，把事做绝了，还装着很仁慈。

"有很多种选择，就看你眼界有多宽，能看到几种。"他突然想不再讨论这事，毕竟今天是她的生日，这太残忍了，可是，话都已经说到关键的地方了，他又不甘心收住。

是的，徐世炜想分手，他不能再跟她生活在一起了，没有共同语言，这些天相处下来，他发现她是那么平庸，思想是那么肤浅，他希望能找一个可以深度谈论人生与未来的女人，这个女人可以不是市场总监，可以不用年薪百万，甚至可以浑身上下流露不出 OL 气质。

离开一个女人最好的办法，就是让她离开。

这是男人的感情哲学。

徐世炜不觉得欠了林若兰什么，他也用心过，只是他发现了他们并不合适。

"你跟她上床了吗？"半晌，林若兰幽幽地问。

"没上床，上了她。"他把眼神落在蛋糕上，不忍心看她的眼睛。他从一开始，就没有想过要伤害任何人，而他又不能违心地与一个跟自己的心灵无法呼应的女人生活在一起。

林若兰缓缓地站起身，径直走到阳台上，拿起他放在窗户边上的香烟，从里面抽出一支，默默地吸着。她眼睛看着窗外，这个城市还是那么的灯光通明，刺得她眼睛生疼，不停落泪。

她想说：徐世炜，你竟然没有一点羞耻心。她知道在此时，无论她说什么都对她不利，她不想离开他，她需要好好想想该怎么办，下一步该怎么走。

该怎么办呢？对一个男人动心了，难道说结束就能结束得了吗？

她不甘心，这男人她要定了！他身上有大把的优点，男人会花心一方面能证明他有着无穷的人格魅力，她想要给他一次机会，也是给自己一个机会。这件事情，她选择忍气吞声。

她爱上徐世炜的第三个原因是：他当初看她时的眼神，温暖而柔情。

然而，这种眼神好久没看到了。

香烟一支接一支地抽着，片子一部接一部地看着，日子一天换一天地过着。

成熟女人就应该做一些成熟的事情，不能哭，也不能闹，否则就是中了男人的圈套。男人出轨，是每一个女人都应该懂得应对的一门学问。应该让自己静下来，冷静地分析自己在这份感情中的地位，的确是掌握选择权的，但是，如果方式不对，生活就被自己毁了。

想到这一层，林若兰心有安慰：等你玩够了，会庆幸我一直都在这！

林若兰一声不吭地抽着烟，尽管她知道该怎么做了，但她还是想让自己多练习几遍，免得控制不住自己的情绪演砸了。在客厅里的徐世炜开始坐立不安了，他时不时地瞄一眼林若兰的背影，不知道她在想什么，女人不知道男人想什么的时候会心慌，男人也是。

　　徐世炜煞费苦心，他希望林若兰能明白他们俩这份关系已经名存实亡了，她可以抽他几个耳光，也可以恶狠狠地诅咒几句，然后就搬出去了。好聚好散，人生才完整。

　　一盒香烟抽完了，她终于转过身，向他款款而来。

　　徐世炜的心里很忐忑，既兴奋又紧张，甚至嘴角还无意间流出胜利的笑容。然而，林若兰从他身边走过，直接去了卧室，徐世炜顿时茫然了，怎么回事？他很不解地盯着卧室半掩的门。难道是去收拾东西了？他不由自主地也向卧室走去，发现她在被窝里，准备睡觉了。

　　徐世炜简直不敢相信，这也太荒唐了吧，难道她可以牛到当什么事也没发生过？这太不可思议了！

　　是的，林若兰就是要装作若无其事，她甚至还能对他说我原谅你了，我可以当什么也没发生过。她就要让他琢磨，就要让他猜测，就要让他刹车。她希望他也能给他自己一次机会，别再做傻事了。他也39岁了，还要玩到什么时候？

　　尽管他还从来没有对她说过一句我爱你，而她心甘情愿爱他，他把她征服了，精神上与身体上的双重征服。想让一个奴隶离开主子，很难。

然而此时此刻，林若兰要对徐世炜开始反征服了，比他的征服还要厉害的征服。

现在，轮到徐世炜站在阳台上吸烟，看来是遇到难缠的人了，他还没发现她竟然可以如此豁达。有点意思，他嘴角露出一丝难堪的笑，心想：好吧，看你能坚持到什么时候!

那些唇印被洗掉了，在此之前床上的缠绵又浮现在他的眼前，从那个女人进酒吧，到他们在宾馆里上完床，前前后后加在一起认识还没超过三个小时，这就是捡来的一次激情。

对徐世炜来说，这其实没什么意义，对像他这样的男人，女人的思想比肉体重要。

他之所以没有拒绝，是希望能用这种方式逼走林若兰，没想到她比他想的坚忍得多。

他是不会就此罢休的，她就是一块朽木，根本就不能再看到任何的希望。

如果真的找不到合适的女人，他宁愿一辈子孑然一身。根据林若兰的条件，她能找到一大把的好男人，他不明白她为什么要委屈自己。

6

每个人都想一劳永逸地寻找一个适合自己的人，在年轻的时候会列出很多条条框框，比如胖瘦、身高、喜好，仿佛只要按照模型找一个，那就是合适的对象。

然而，见识广了，接触的人多了，自我内心的感觉丰富了之后就会发现，真正适合自己的人并不是特定的，甚至再也没有办法说出自己想要找个什么样的人。于是，慢慢地就偏信于缘分，相信总有一天，会有那么一个人出现，让自己知道什么样的人是合拍的。

人对了，就什么标准都不是标准；人不对，就什么标准都是标准。

自从徐世炜很嚣张地承认自己有了一夜情后，林若兰对他的态度就一下子变了。

她不再是一个沉溺在恋爱中的女人，而是一个随时都会被扫地出门的垃圾，但她绝对不甘心自己在献出身体与爱情之后，那男人说分开就分开，凭什么？就仗着她爱他？她并不差劲，配他徐世炜绰绰有余。她想再给他一次机会，也再给自己一份忍耐。如果他仍旧是那么不可理喻，离开一个混蛋并不需要太大的勇气，林若兰心想。

在没有过任何插曲之前，她还会对他撒娇，时不时地无理取闹。现在，她很深刻地意识到自己的现状，徐世炜并不像以前那样迷恋她，想到这她不禁会有些惊愕，在一起还没超过两个月，他就像是一个拔掉电源的吸尘器，男人对爱情的保鲜期到底是多长时间？

或者，徐世炜是一个坦诚的人，喜与厌会流露于表情？她不得而知，而眼下最重要的就是要让他重新地认识她。她并不是像那些在酒吧里讨酒的轻浮女人，她有自己的骄傲和前途，并不需要依赖他生存，甚至她能凭借自己的人脉，帮助他在事业上有所建树。

于是，她想到了一个办法。

这天下班，林若兰直接去了徐世炜的造型工作室，她知道他在。

在前一天，她打电话给于晓晓请她帮个忙。于晓晓已经人到老年，却仍旧韵味十足，这取决于她平和的心境以及豁达的生活态度。她是一个学者、大学教授，出过好几本畅销书，是关于解读中国历史的，林若兰在徐世炜的书柜里看到过她的书，不止一本，她出过的书他都有收藏。

她们很早就认识了，起初只是工作上的合作伙伴，后来成了生活中的好朋友，于晓晓经常会办一些沙龙，林若兰都会在邀请之列。纵使是朋友，林若兰也是在万不得已的情况下请她帮忙的，毕竟最难还的就是人情。

林若兰跟于晓晓说："我爱上了一个男人，你能帮帮我吗？"

"我可以为你做什么吗？"

"他是一个发型师，你能到他的店里做头发吗？明天下班后我也去，装作是偶遇？"

"可以，但你能跟我分享一下你的初衷吗？"

"他喜欢你的作品，如果他知道我跟你熟识，应该会对我刮目相看吧。"林若兰觉得没有必要隐瞒，坦诚，会让事情发展得顺利些。更何况于晓晓是一个充满智慧的女人，她会知道该怎么做，或许还会给一些好的建议。"于姐，你知道的，我如果不是很在乎一个人，是不会费尽心机想要表现自己有多么迷人，我跟他之间有点小插曲，我希望能改变他对我的印象，如果这让你觉得为难，没关系的，你可以直接告诉我。"

"林，做你觉得对的事情，我当然会支持你。"于晓晓总是称林若兰为林，她说这样显得亲切。

"真的很感谢你，我让秘书帮你预约一下，明晚 7 点合适吗？"林若兰很开心，在打电话给于晓晓之前她还有所顾虑，并不是怕于晓晓会拒绝，而是不确定这样做是否合适，于晓晓的那句话坚定了她这样做，给了她信心。

做你觉得对的事情。这句话对每个人都受用，会不会后悔，不做怎么会知道呢？

一个人做一件事情可能只有一个理由，而不做一件事情可能会有很多理由，如果在这种情况下，有一个信念能支持她去做，她很有可能会做得很好。

有时，只是缺少一个人在我们举棋不定的时候，给我们一点勇气。

7点半，她出现在他的店里，这不是她第一次来，跟徐世炜在一起后她经常来，他每次都让她漂漂亮亮地焕然一新。

她爱上徐世炜的第四个原因是：他能让她的美丽绽放出来。

"林姐来啦？师傅在楼上招呼客人呢，我先给你泡杯花茶吧？"新来的那个学徒每次见到她都很殷勤，林姐林姐地喊个不停，那是个约莫二十岁的小伙子，眼睛纯净得让人心旷神怡。

"好啊，谢谢你，我去楼上找他。"林若兰微微一笑，店里的员工都在背后称赞她和蔼可亲。她径直上了楼，心里忐忑不安，演戏她并不在行，而人又不得不为自己所爱的人演。

"林，你来啦？"她一眼就看到了于晓晓，当她刚想开口说话时，于晓晓就抢在了她的前面。徐世炜在给于晓晓修发，下意识地看了林若兰一眼。这下，林若兰有些不知所措了，她并不想以这样的方式作为开头的。她只觉头皮发麻，慌张地应和着："嗯，是啊。"

"于老师，你们认识？"徐世炜很惊讶地问，这比他看到于晓晓大驾光临还惊讶。

"我跟林是好朋友，就是她推荐我来你这儿的，她说你是一个非常优秀的发型师。"于晓晓朝着林若兰笑了笑，试探着安慰她的紧张。

"我的宗旨是：所有女人都应该美丽自信。"徐世炜很合时机地自我表现了一下，却还没有意识到之所以能见到他崇拜已久的作家，是林若兰的成全。

"怪不得林最近比之前还光彩照人。林，你应该早点把他介绍给我，好的人与事都应该分享给朋友的，你觉得呢？"于晓晓再次把温暖的目光投向林若兰，从镜子里她看到林若兰一脸焦虑地坐在沙发上，似乎生怕说了什么不该说的话。

"于姐说的是，嘿嘿。"林若兰笑了一下，在慢慢地放松。

"于老师，听说您最近又出了一本新书？"徐世炜还陶醉在见到偶像的激动中，都忘记了要跟林若兰打招呼。而林若兰看在眼里，心里有一丝窃喜，看来她这样做是对的，她不怪徐世炜无视她的存在，只希望这能让他对她的印象有所改观。

"是的，我今天给你们带来了一本，林可是特意关照过，就在我包里。林，你能把它拿出来吗？"

"哇，太谢谢了，我还在琢磨着要去书店买本看呢！"徐世炜就像是个大男孩一样欣喜若狂。每个人都有自己的激动神经，像徐世炜这样的男人，他喜欢有思想的女人，在面对于晓晓时，他就像个涉世未深的孩子般难掩兴奋。

林若兰欣喜，她意识到自己找对了人，于晓晓是在暗示她们的亲密无间，她不禁在想：于晓晓的这种境界，是如何修炼成的？

"我还写了签名，在扉页，林，读一下？"

"好啊，我看看。祝林若兰与徐世炜永远幸福美满。"林若兰念着，心里顿时充溢着甜蜜。

"错过一份幸福，可能几辈子都无法弥补。"于晓晓意味深长地说。

"于老师，我看到这样一句话，'人的眼睛总是看外界太多，看心灵太少'，您是怎么理解这句话呢？"徐世炜像个学生般请教着。当然，他有他的理解，他觉得这句话的旨意是：在现在这种繁芜的社会中，很多人都是在向往着身份、地位、名利，却很少有人能静下心来思索自己内心想要什么。

"我觉得，人要寻找自己内心的安宁，要以平和的态度去生活。"

徐世炜没敢把自己对这句话的理解说出来，因为他自惭形秽，同样的一句话，他所看到的是小我，而智者看到的则是大我。

"于姐，晚上一起吃饭吧？我订个位子去？"林若兰见徐世炜在思考着什么，趁机问道。

"行啊，当然可以。"

吃饭的时候，徐世炜一直在滔滔不绝，他们聊着于晓晓的书以及他们对人生的态度。林若兰一直是沉默不语，但心里很开心，如果能做些什么让徐世炜这么快乐，她义不容辞。

晚饭结束时，徐世炜还意犹未尽，真是应了一句话：酒逢知己千杯少，话不投机半句多。

于晓晓在告别前，对徐世炜说："做人一定要有所担当，遇到了一个好伴侣，会发现很多生活中的惊喜。在爱情里，要有所为，也要有所不为，最重要的就是珍惜，任何朋友，都不及身边那个默默守候你的人。"

能与于晓晓一起探讨人生，对徐世炜来说是个奇迹，但他似乎并不领林若兰的情，在回家的路上一言不发。

林若兰不乞求他会说声谢谢，她只是希望他能明白：我能帮你完整你的生活。

7

到家后,徐世炜去洗澡,林若兰把于晓晓送的新书放在床头。

徐世炜的手机响了,林若兰把它从他的口袋里拿出来看了一眼,握着手机站在淋浴间门外:"有个叫越越的给你打电话。"

"你替我接吧,就说我在洗澡,过会儿打给她。"

已经是夜里 11 点多了,林若兰的不悦就挂在脸上。

"世炜,出来喝酒啊?"手机刚接通,那边就传来嗲里嗲气的声音。

"他睡了。"林若兰故作镇定地说着,心里却暗暗地发恨,一听这声音就知道不是个正经的女人。

"你是谁?"

"他女朋友。"

"你让他接电话,就说是小越越的电话。"那边根本就不把她这个正牌女友放在眼里,还趾高气扬地命令着。

"我再重复一遍,他睡了,没什么事我就挂了。"还没等对方说话,林若兰就把电话挂了,她紧紧地握住手机,咬牙切齿地站在原地。

徐世炜从淋浴间里出来，裹着浴巾，看林若兰双眼如地雷一样怒视着他，着实把他吓了一跳："干吗啊，像个木乃伊。"

"这女人也太不要脸了，这么晚还打电话勾搭别人的男人。"林若兰没好气地说，自顾自地回到卧室。

"别说话这么难听，是我先勾搭她的。"他想到了那个小越越，就是把他满脸啄得都是口红印子的女人。跟一个女人上床了，再装着不认识她，这也太缺德了，徐世炜心想自己并不是那样的男人。

"你觉得自己很有本事，像西门庆？睡嫦娥、猎仙子、拐织女、盗西王母，却说是今生苟合的、偷情的，都是前生注定，今生了还。"林若兰从鼻子里发出一声冷笑，这男人真的很无可救药，坏到不行。但林若兰又不愿意离开他，只因为他让她体会到了浪漫幸福的感觉，从此便愿意为此受苦役。

"我还是单身，我有我的自由，况且就算是咱俩结婚了，还可以离婚的。"徐世炜从床头拿起于晓晓的新书就向书房走去，抛下一句冷漠的话，想让林若兰自醒一下。

"我在你眼里，就那么一无是处吗？"林若兰追到书房，她心想如果不是我你还见不到于晓晓呢，不感谢可以，但也不至于这么快就翻脸不认人了。

"你很优秀，但我们没有办法进行心灵上的沟通，就像是今天我跟于老师那样的聊天，我们有过吗？我不想把时间浪费在听你说家长里短上，我有很多更有意义的事情要做。"

"你给过我机会吗？这一个月，你每天都很晚回来，倒在床上就睡，我们有时间聊天吗？"林若兰觉得委屈，连句我爱你，她都只能面对着熟睡的他说。

"那好，今天我们好好聊聊吧？"徐世炜把书放下，坐在椅子上，摆好了准备聊一夜的架势。

"你先说。"见徐世炜这么爽快地想跟她交流，她反而不知道说什么好了。

"行啊，我先说，我最近这段时间一直在反思，我发现自己挺失败的，钱都花在喝酒泡妞上了，房子都买不起，开着一辆破二手车，说实话，我都不敢去你们公司楼下接你，觉得给你丢人。我没上过大学，上学时也不是好学生，学习不好还打架斗殴，爸妈是学校里的常客。整天烟酒不离手的，我是不指望能长寿了。这39岁唯一的成就也就是有一大堆的朋友，他们帮我开了家店，你也看到了，它没多大，赚的钱正好只够我日常开销的。"

尽管徐世炜把自己说得糟糕透顶，林若兰还是觉得他是一个有理想的男人。尽管知道自己已经快40岁了，可他还是有梦想，无论男人多大岁数，只要他还有努力奋斗的信念，他就会显得年轻有为。"你上次给我看的那个策划方案很棒，只要全力以赴地去实施，你会成为一个了不起的人！"

她爱上徐世炜的第五个原因是：他是一个有理想并且愿意为之去奋斗的男人。

"是的，它很棒，我需要有一个人能跟我一起去努力让它成为现实。"

　　"我觉得我可以的。"林若兰很自信地说。当她看完徐世炜的策划方案文稿后，她不由得对他刮目相看，没想到在那么温情的男人身体里，还有着一颗打造商业帝国的心。虽然里面还有一些欠妥的地方，但出于他的自尊，她并没有立即说出来，而是不停地称赞，拍手叫绝。她想着等以后找个机会认真地跟他讨论下那个商业计划，毕竟，她做了六年多与市场相关的工作，有着自己的经验与见解。

　　"林若兰，你是我到目前为止好过的条件最好的女人，你既漂亮也有气质，工作上十分出色，卡里应该也有不少的钱，根据你的身价可以找一个像你一样的工作狂人，这辈子绝对也不愁吃穿，下一代也能跟着享福。你是一个好女人，善良而正直，我们可以成为很好的朋友，但是，你并不是我想要的老婆的合适人选。在我眼里，你跟街边复印店里的小姑娘没有什么区别，整天干着同样的工作，没有创新，甚至害怕改变，我需要一个能随时带给我灵感的人，而不是一个已经衣食丰足、原地踏步，没有了理想也没有了抱负的女总监。"徐世炜很平静地说着，没有任何的掩饰，听在林若兰的心里，却如刺一般在游走。

　　原来，她在他心里就像是街边复印店里的小姑娘。

　　她不禁觉得心酸，自己那多年的努力与付出谁知道过？凭什么她就不能好好地享受一下成功带来的喜悦与满足感？为什么就不能在匆忙的行走中稍作停歇，慢慢咀嚼一下过往的辛酸以及感慨得之不易的荣耀？她也曾像他一样有过理想，但是，她已经完成了她的理想，她需要的是计划下一次目标，比如跟他在一起，成就他的梦想。

然而，他只看到了她的表面，就断定她是一个不思进取的女人。最让她难以接受的是，他在说"总监"的时候明显是在讽刺，她还从来没有为她的身份觉得耻辱过。现在，她恨不得赶紧脱掉这个称号，就像是混迹于酒吧里的那些不正经的女人一样，他就满意了？

"徐世炜，你指的好好聊聊，就是跟我聊分手吗？"林若兰明知故问，她不想拿双泪眼盯着他，可是，当她刚说完这句话，眼泪就不争气地流下来了。她连忙去擦拭，不希望他看到，别以为她是一个想靠眼泪留住男人的女人。

"是的，我就是这个意思。"徐世炜点头，他故意不看她，他最受不了女人用受伤的眼神与他对视，这让他显得很恶劣。

"你没有资格给我贴标签，说我是什么样的人。"

"是的，可能是我误会你了，但我想找一个有思想的女人，跟我一起感受生活。"

"有思想的女人凭什么要跟你在一起？你也并不是那么完美。"林若兰苦口婆心，她并没有讽刺或嘲弄的意思，她只是想让徐世炜知道，这年头，爱情并不是你想是什么样它就是什么样的。

"就算我找不到一个有思想的女人，我也不会跟一个没思想的女人一起生活。"徐世炜显然是有些愤怒了，这并不是林若兰的初衷，眼前的这男人就像是一只刺猬，有着锋利的铠甲，有意无意地尖锐与懒散，可真不怎么优雅。

思想是什么？林若兰不禁会想这个问题，徐世炜口口声声说自己喜欢有思想的女人，他能说出"思想"的真谛是什么吗？他把"思想"说成了形象词，而且还执迷不悟。抑或是，"思想"只是他想让她离开的一个借口？

"好吧，就算是如你所说，我不是你想要的类型，那我可以帮你结交一些你想认识的人，比如于晓晓。"林若兰觉得，两个人能相识相遇并且同居并不容易，她不能任由他胡来，眼下他就像是一个不懂事的孩子。

"你以为这样我就会感激你吗？"

"我从来没想过让你感激，我只是想让你知道：我能做的，远比你想象的多。"

"那又能怎么样呢？"

"你需要做些牺牲，从而扩展你的交际圈子。"林若兰此时很冷静，这完全出乎她的意料，她竟然为了能延续这份情感，把它贬低成是一种交易。

"林若兰，亏你能想得出来，你把你自己当做什么了？"徐世炜也觉得奇怪，牺牲总是双向的，两个人的牺牲换取一份不怎么重要的关系的延续，值得吗？

"我把我当做什么并不重要，重要的是在你眼里，我是什么。"

"你还是好好想想吧，等你想通了我再回来。"徐世炜说着就走出书房，从卧室里拿出行李箱，随便塞了一些日常用品与衣服，在林若兰默不作声的注视下离开了家。

林若兰心想：原来我做女人这么失败，上帝给了我一份好的工作，却让我在爱情里这么狼狈，看来上帝是公平的。

8

徐世炜果然不再回家了。

林若兰也曾抱着侥幸的心态，以为他会半夜开门而入，不过几天下来，她已经不抱希望了。

而徐世炜在离开家并把心里压着好些天的话说出来后，倍感神清气爽，嘴里哼着小曲搬进他哥们儿家混日子。他哥们儿是一个人住，正好有一个项目要去外地待半年，这么好的机会，他不搬进去还真是天理不容。

他觉得像林若兰这种女人，肯定在备受冷落后搬走，他虽然已经续缴了一年的房租，就不信林若兰会死皮赖脸待一年。而林若兰还真没有想过要搬走，她还把锁给换了，因为徐世炜肯定会回来把他的书带走，锁换掉后，他就没办法偷偷地搬走了。

连林若兰自己也想不明白，她为什么执意不走，但凡是要脸的女人，都不能忍受男人的这种污辱，这可能也是她在工作中所磨炼出来的坚忍吧。她不愿意负气离去，从此不情不愿地装着从没爱过徐世炜，她期待有一天，能心如止水地离开他，那样，就不会有任何的遗憾了。爱一个人就要这样，干净利落，决不拖泥带水，不想分开就坚决留下。

她会打电话给徐世炜，他总是直接挂掉，委屈的眼泪在黑夜里泛滥，可她必须要忍受，无计可施。她有闲暇的时候，也会看柳含烟的帖子，那是一种有魔力的文字，它漫不经心地流过人的神经，微微地触碰了一下，然后再装着若无其事地离开。

柳含烟说："很多女人不明白自己为什么会这么累，却心甘情愿躺在时间的刀刃上，疼痛、折腾、不安、无法自拔，就那样看着时间的烙印，夹杂着孤独的情绪，固执地有伤不说，有泪不哭。如若可以选择，在爱情里的人，还是会愿意很辛苦吧，彼此折磨着，仿佛是练就了铁身铜心，因为只有这样，两个人纠缠在一起的时光才不会被时间抛弃，生生世世的。"

如果拥有了一个灵魂丰盛、经历丰富的女人，男人会不会又想找一个纯净如水的女人？林若兰把这个问题留言给了柳含烟。

隔天，柳含烟就回复了，她说："如果一个男人会爱上一个女人，并不是因为她灵魂丰盛或纯净如水，所以有些女人时常把自己的本性打碎，不同的时间揉捏成不同的样子，从而完整自己的情感与生活。"

林若兰想：把自己捏成男人喜欢的样子，那自己还喜欢自己吗？她还没强悍到失去自我。

无论徐世炜准备怎样对她，最坏的打算也不过就是在这个房间里老死。

就在徐世炜离开林若兰十天后，收到了林若兰的一条短信："你能回来吗？我想跟你谈一件事情。"

徐世炜觉得既然林若兰主动提出要谈谈，应该是她想开了，他自然要答应。

他当天晚上就回到了家，在家门口他像以前一样，从不按门铃，拿出钥匙就准备开门。但无论他怎么尝试，门始终都打不开，他甚至还特意看了看门牌号，以为自己走错了楼层。

"好你个林若兰，竟然把锁给换了，脑子真够用的。"他一边心里恶狠狠地嘀咕着，一边不情愿地按着门铃。

门开了，林若兰没表现出太多喜悦，虽然好久没看到徐世炜了。

"这是我的家，你凭什么把锁给换了？"徐世炜难掩激动的情绪，这不是明摆着在宣战嘛，你林若兰越来越无法无天了。

"如果我不把锁换掉，我怎么能知道你何时回来。"她不急不慢地说，看着他激动的表情，她反而有些得意。

"把新钥匙给我。"

"除非你答应搬回来住，否则，就算是今天我把钥匙给你，明天我还会把锁换了。"

"林若兰，你有点法律意识行吗？这房子是我租的，签的是我的名字，你没有权利对它做任何事情。"他还想说，我没把你赶走，已经算对你仁至义尽了，你竟然还这么猖狂。他没说出来，而是被自己硬生生地给吞下去了，话不能说太绝，就跟做事一样。

“徐世炜，我请问你，吵架能解决问题吗？”

“我不想跟你吵架，只是你太过分了。”

“那你呢？你不过分吗？如果不想跟一个女人结婚，你为什么要让她怀孕？”

“什么意思？”徐世炜的激动情绪一下子就没了，他显得很紧张。

林若兰递给他一张纸，上面是检查结果，她怀孕了。月经推迟了两周，这种现象从未有过，她心想该不会是怀孕了吧，就心事重重地去买了早孕试纸，果然是有了，她怕是搞错了，又去医院检查了一下，确实是怀孕了。

她喜忧参半，开心的是这是他们的孩子，担心的是他会怎么面对这个孩子。

就连她自己也不知道该怎么办，她已经32岁了，是应该有一个孩子了，可是孩子的父亲给不了她安全感，这让她很纠结。

犹豫再三她还是决定要告诉他，让他定夺。

“这是我的孩子？”徐世炜知道她怀孕后，脑袋轰的一声，太可怕了，这是他第一个反应，但却脱口而出一句混账话。

“你以为天下所有的人都像你一样？”面对他的污辱，林若兰很平静，被他刺激太多次反而麻木了。

“你打算怎么办？”

“我想听听你的想法。”

“我不知道，孩子在你身体里，你决定。”徐世炜口是心非，他绝对不想要这个孩子，但是他心里有个阴影。两年前，他交往的一个女人怀孕了，他让她去做人流，结果就再也不能生孩子了。他也是一个有良知的男人，当得知那女人不能生育后，他跟那女人说，如果你离婚我就娶你，结果那女人甩给他一句话："像你这样的混蛋，不如去死好了。"

男人体会不到人流的痛苦，所以，他们总不知道吸取这方面的教训。

而现在，又有一个女人为他怀孕了，他没有办法狠下心让她去做人流，如果能从她嘴里说出他想说的话，也算是一种安慰吧。

"我不想要这个孩子，找个时间就去做掉。"林若兰故意试探他，实际上她根本就没想好。

"我尊重你的决定。"徐世炜赶忙附和，"后天怎么样？是周六。"他连忙替她挑个时间，免得夜长梦多。

"可以，能陪我一起去吗？"林若兰想也没想就答应了，她看穿了他的心，冷冰冰的，这毕竟是一个生命，是属于他们的，而他竟然没有丝毫的怜悯心。如果换成别的男人，肯定会欣喜若狂地告诉所有人他要做爸爸了，真悲哀。

"没问题。"当林若兰同意去人流后，他如释重负，但多少有点遗憾，他同学跟他一样大的，孩子都会踢毽子了。

"那你明天能搬回来住吗？万一我有个三长两短的，总要有个人为我收尸吧。"

"怎么说得这么可怕，也就几十分钟的事。"徐世炜想安慰一下她，话说完才觉得很没有人性，再怎么说，那孩子也是他的，他只不过是不想跟林若兰在一起，而孩子是无辜的。

"徐世炜，我希望下辈子你能嫁给我。"林若兰心想，如果下辈子能互换一下身份，她一定会让他知道女人应该拥有什么样的幸福。

"可以啊，如果我生得丑陋，你可别嫌弃。"他以为林若兰的意思是下辈子我会折磨你的。他想如果真有来生，他愿意把这辈子亏欠女人的，统统都在来生了结，而这辈子，他要活得我行我素，账先欠着，下辈子还吧。

如果不说出来，谁知道谁心里真正的想法呢？谁都以为自己是对方肚子里的蛔虫，但是事实上，谁都只是对方眼里的那只臭虫，除了厌恶，怎么理解都是白搭。

"明天我下班之前，你能搬回来吗？"

"必须的，我还会做一桌菜等你回来吃饭。"徐世炜觉得人流对于她来说是一种牺牲，于是怜悯之心油然而生。他希望能做点什么对她有所补偿，自己心里也能好受点。

"这么好？真想多做几次人流。"林若兰笑了笑，像是在开玩笑。而她的心里确实是这么想的，很邪恶的想法，人会为了得到所爱的人的关注，而做很多傻事。

"别，那我就真罪孽深重了。"徐世炜心想，不会再有下次了，他甚至都有一个月没跟她做那种事情了，以后也不会再有了。

58

等事情处理好后，还是要有个了结的，虽然很残忍，但不能委屈自己吧。

喜欢不是爱，感动也不是爱，有人明知如此，却还以爱的名义去招惹别人。

就像是徐世炜这样的男人，他喜欢林若兰身上的白领气质，感动于她给他做了一顿饭，虽然没有谁愿意辜负生活带来的惊喜，但是事情都是有缘由的，也是需要有始有终的。

女人不是毛绒玩具，想要的时候就抱在怀里，没兴趣了就扔掉，凭什么？

9

　　林若兰下班到家，果然发现了丰盛的晚餐，整个白天她都心神不宁的，希望徐世炜能真的搬回来了，无所谓是出于什么目的。徐世炜系着围裙还在忙活着，她一下子热泪盈眶，仿佛是回到了他们初识时，但是已过去了几个月的时间。

　　"公主您回来啦？鸡汤马上就好，已经炖了一个小时。"徐世炜看到林若兰，又是接包，又是帮着挂外套的，急急忙忙地献殷勤。

　　"能看到你这样，我觉得自己是在做梦。"林若兰轻描淡写地说着，却难以掩住幸福。是的，这是一种幸福，温暖的，无论付出怎样的代价都愿意去换取。

　　"是吗？能再看到你为我做饭，我肯定也会以为是在做梦。"徐世炜这话说得并不夸张，林若兰自从在那天早晨给他做过早饭后，就再也没有做过。他觉得林若兰既跟他无法精神上对话，也无法做一个贤淑妻子。他给贤淑妻子的定义是：养好男人的胃，让男人把回家当成一种乐趣。那些收入不高在公司还受气的男人，为什么一到家就乐呵呵的？因为家有贤妻。

"我没想到你在意这个，而你从来也没给过我机会。"

他们刚开始在一起时，徐世炜早饭与晚饭都做，恨不得中饭也做好让她带去；而当他们的关系有些不和谐时，他每天都很晚才回来，林若兰以前都是在外面随便吃点，没有做饭的习惯。而经徐世炜现在的提醒后，她意识到了做饭的重要性，她在想着从网上下载一些烹饪方面的视频看看，要把入得了厨房当成一种事业对待。

"不提这个了，咱们要开开心心地吃这顿晚饭。"徐世炜嘴里虽然这么说着，无非是不想再跟她争了，他不明白为什么林若兰说你从来也没给过我机会，难道机会是别人给的吗？做什么事不都是要自己争取的嘛。

"当成是最后的晚餐？"她心里难受了，明天她肚子里的孩子就要上刑场了，今天他却庆祝起来了，开心？难道让自己的孩子还没出世就离开，是一件应该开心的事吗？她不理解，男人都是怎么样变得这么冷酷无情的，是不是非要让自己变成刽子手，才对得起以前所受到的伤害？

"你就不能看到它好的一面吗？"

"不好意思，我没这本事。"

"我们要对这个孩子负责，不能让他一出生就像是个弃儿。"

"所以就未经它的允许肆意扼杀它的生命？它甚至都没能看一眼这个世界是什么样的。"林若兰满眼含泪地看着徐世炜，她心疼，难道口口声声所谓负责就是残忍吗？为什么不能从一而终地负责任，非要等到需要做牺牲的时候，才把负责挂在嘴边，这种人是幼稚还是无知呢？

"这是你自己的选择。"徐世炜也难受，但是他不能让这个孩子成为他与林若兰之间关系的累赘。

"而你一点也不反对。"

"我们就不能好好吃一顿饭吗？为什么非要吵架，我们能不能不要再说那些没有意义的事情！"徐世炜把围裙摘下，一脸的不耐烦，他好心好意地做晚饭，而她呢，觉得自己委屈，谁不委屈啊，撕破脸诉苦谁都丑陋。

"对不起。"林若兰连忙道歉，她不想跟他吵架的，只是她控制不住自己。

听到林若兰说对不起，徐世炜的心里竟然惊悸了一下，女人的尊严都写在她们的脸上，总不会轻易说对不起，这好像还是跟他好过的女人说过的最动听的三个字。

有时候，对于恋爱中的情侣，对不起比我爱你更让人动容。

"准备开饭喽。"

在吃饭时，他们没再说话，沉默着，可能都不知道该说什么，她吃到哽咽，这么好吃的饭菜还能吃多少次呢？

那晚，他们像往常一样睡在一起，偌大的双人床各睡各的，中间隔很远，翻两次身才能碰到对方。林若兰就那样看着他的背，流泪不止，她很想让徐世炜抱抱她，好多天没见过面了，而他冷淡得连个温柔的表情都没有。

男人对女人的激情，就像是开关一样吗？

徐世炜只是侧着身子背对着她睡在床边上，虽然并无睡意，但还是闭着眼睛，他想抱抱林若兰，就像上帝对自己的信徒般，而他还是没那样做。因为他怕她以为这是暗示，他不能让她看到任何希望，不合适就是不合适，何必委屈自己？

一想到明天要去医院做人流，他们都失眠了。

早晨8点，林若兰趁徐世炜还在睡觉时，就轻手轻脚地进了厨房，她要做早饭，如果能有办法尝试着挽留，她会义不容辞。她拿出红枣、燕麦、花生、胡萝卜、大米煮粥，小心翼翼地在旁边守着，要第一时间把它盛出来，端到徐世炜的面前，她不奢侈能看到徐世炜感动的表情，只希望能让他知道她在努力变成他喜欢的样子。

当徐世炜睡醒后，刚睁开眼睛就看到了林若兰坐在他旁边，吓了一跳，一下子就坐直了。当看到她手里端着的粥时，情绪才平息下来，嘴里还没忘记念叨着："你干吗啊，吓死我了。"

"有什么好怕的？"

"你说呢？你眼睛盯着我看，知道有多吓人吗？像个幽灵似的。"

"呵呵，来尝尝我给你做的早饭，都快凉了。"

"你怎么啦？我昨天随口一说，你就开始做早饭了？"徐世炜觉得好笑，其实她没必要这样的，无论她再怎么努力都无法改变现状，他也没指望她改变自己。

"还有什么你不喜欢的，我都可以改。"林若兰信誓旦旦地说，心里想着，希望所有的改变都不是徒劳吧。

"别这样，我们还是赶紧去医院吧。"徐世炜只顾着穿衣服，没理会她端着的粥，"你该不会改变想法了吧？"他还不放心地问了一下。

"没有，吃好早饭就去。"林若兰僵持在那里，嗓子发紧，他最关心的原来是这事。

"好，那快点吃吧。"

徐世炜狼吞虎咽地吃得很快，而林若兰则慢悠悠地吃着，她根本就吃不下，还有意无意地抬头看一眼徐世炜。她开始迟疑了，对一个32岁的女人来说，做人流是一种耻辱。

"怎么啦？不好吃吗？我觉得挺好吃的，看，我都吃完了。"

"世炜，如果，我是说如果，我想留下这个孩子呢？"林若兰不以为然地试探着，她想看看徐世炜的真实态度到底是什么。

"你太没主见了吧，怎么一会儿变一会儿变的？"徐世炜立即一脸的不悦，女人到底都是怎么想的，怎么一天一个样。

徐世炜眼角的愤怒被林若兰看在眼里，她觉得她要慎重对待这个孩子，不能轻而易举地做决定。

"请给我点时间好好想想。"说着，林若兰就径直进了卧室，把门关上，蜷在沙发里。

林若兰很纠结，她不想失去这个孩子。

最主要的原因，是她不能失去徐世炜，如果她真如他所愿把孩子人流了，那么，他们的关系应该就是真完了，无论她再坚持也无济于事了，因为他们之间没有了牵绊。

而如果她把孩子生下来，徐世炜也并不像是那么绝情的人，或许还会看在孩子的分上跟她继续这样过下去，纵使这看上去并不怎么幸福，但是也没有什么不好的，两个人能在一起就好。

况且，她也到了做母亲的年龄，她可不想这辈子没有儿女在身旁陪着。

而如果她真的把孩子做掉了，只不过是满足了他的心愿，他可以高枕无忧地过自由生活，而她呢？绝对是在悔恨中以泪洗面。她不能这样对待自己，根本就不公平。

人总要为自己考虑，纵使会成为众矢之的，陷入万劫不复。

她想好了，这孩子必须要留下，而且要健康地生下来，但至于能不能留住徐世炜，她不管了。

在客厅里待着的徐世炜，心里没着没落的，他发现他越来越搞不懂林若兰了，无论如何，他会为摆脱林若兰奋战到底的。

"徐世炜，我决定了，我要把孩子生下来！"林若兰从卧室里出来，没再迟疑也不会再犹豫了，她一定要保护好这个孩子。

"林若兰，你疯了？你不知道我们现在什么样了吗？我们已经没感情了，你把孩子生下来，对孩子有什么好的？"

"我们并不是没感情了，你知道我爱你的！"

"不管怎么样，你不能拿孩子要挟我！"

"那你也没有权利让我做我不愿意做的事！"

"林若兰，你太自私了，为了你自己，甘愿让我跟孩子成为牺牲品！"

"你以为我想这样吗？这一切都是你自己造成的！你要为你自己的行为付出代价！"

"那你想过你今天的选择，会给以后造成什么后果吗？"

"就是因为想到了以后，我才要这么做。"

"你太可怕了！"

他咬牙切齿地说完就甩门而出，他恨她，恨她用这种方式报复他。而她呢，她只能这样，她是想拿孩子裹挟他，除此之外没有选择。

10

　　她开始有强烈的妊娠反应，经常是正在开会她不得不跑去洗手间里，刚开始她还能谎称是胃不舒服，慢慢地，根本就掩饰不住，她的秘书也意味深长地让她去医院检查一下。

　　于是她想与其这样躲藏，不如就爽快地承认自己怀孕了，反而不会有人在背后议论纷纷。她幸福地告诉别人她怀孕的消息，说等孩子生下来后每人发一对喜蛋。

　　坦诚面对，永远都是最好的解决方法。

　　她每天都会给徐世炜打两个电话，他不再回家，也不愿意听她说话。她开始有些动摇了，不知道决定留下这个孩子是否正确，但她越想这个问题，越觉得应该留下来。

　　一直这样也不是办法，再好的关系也经不起长期分居，她要想个办法解决目前的现状，不能去他的店里找他，这样像是个被抛弃的怨妇；也不能就这样傻等，万一他真的铁了心再也不回来怎么办？他必须要回来，而且是心甘情愿地，用什么办法呢？

　　她想到了柳含烟，那个自称是情感专家的女人，或许她会有办法。当然，林若兰这么想，并非是相信柳含烟的能力，而是她需要有一个倾诉的对象，别人也可以说一些可行或不可行的解决办法，不一定要按照别人给的方法去做，但能缓解一下自己的情绪。

很容易就能找到柳含烟的博客，她匿名留言道："我未婚先孕了，我爱孩子的父亲，而他不想要这个孩子，我不能把它人流掉，因为它是我跟他之间唯一的牵绊，我不愿意轻易放手，而我已经 32 岁了，不想再做任何让自己后悔的事情。他现在好多天没回家了，也不愿意理我，我该怎么办？"

在留言的最后，她还附上了自己的邮箱地址，或许柳含烟会发来一大篇推心置腹的话，就像有很多情感专家喜欢卖弄文字，为了证明某些逻辑会绕很多圈子。林若兰无所谓她会不会回复，给柳含烟的留言就像是树洞一样，让她能说出压在心底的苦恼，这就够了。

就在留言发送出去的半小时左右，林若兰的邮箱里就收到了一封信，是柳含烟的，里面写着："付 500 元，我告诉你一个有效的解决方法，银行账号在附件里。"

林若兰心想有趣，看来柳含烟还是一个凭本事吃饭的人，每个人都有自己独有的赚钱门道，她反而钦佩柳含烟在如此纷乱的网络里那么镇定自若。林若兰连忙就把钱汇了过去，尽管她不觉得柳含烟会给出什么好的办法，就当这 500 块钱是满足一下好奇心吧。

钱打过去后，她还回了一封邮件："钱已打，等消息。"

不到五分钟，柳含烟的信就回过来了，速度快得让林若兰有些惊讶,邮件里只写了这样一段话："给他发条短信,上面写'如要你能让我把这个孩子生下来,让我做什么事情我都愿意,我恳求你能答应我一个条件,常回家陪我,一直到孩子出世。我一定要把我们的孩子生下来,但是我决不会拿孩子要挟你!'"

可行吗?林若兰心里不由得犯嘀咕,这种方法猛地一看似乎并不怎么高明,但是仔细一想,这完全是站在男人的立场表明了对男人有利的一面。林若兰心想,只要他能接受这个孩子,我能什么事情都答应他吗?

无论如何,先按柳含烟的方法试一下吧,她拿起手机就给徐世炜发了一条短信,完全照抄——当然,照抄的是柳含烟让她发的短信内容。

发送出去后,她开始忐忑不安了,先不考虑自己能否做到短信里所说的,而徐世炜会被打动吗?他能接受这种谈判吗?她唯一的筹码就是肚子里的孩子,而他的呢?拿捏的则是她的整个余生,她输不起。

当徐世炜收到林若兰发的短信时,他正跟哥们儿在酒吧里喝酒,他说他越来越喜欢酒吧喧嚣的环境了,能瞬间赶走心里的不满,忘情地随音乐陶醉着。

已经有两个多星期没回到林若兰的住处了,看到林若兰的来电就心烦,而她竟然还发短信来了,徐世炜看完短信的第一反应是：林若兰，你那么低三下四的，何苦呢？

但他转念一想，又缓下心来，毕竟是女人又有孕在身，她好像只渴望像其他女人那样，在怀孕期间，有男人在身边陪着，以至于不会那么落寞。她怀的毕竟也是他的孩子，如果他不顺着这个台阶下，难道等孩子出生后恨他一辈子？

他哥们儿看到了他在发呆，连忙问道："又在琢磨什么啊？还是那女人的事？你打算冷落她多久？"

是的，这个男人知道他的事，他现在就是住在这个哥们儿的空房里，自然是无话不谈，特别是心里憋屈时，不说出来心里难受。

"她发短信来了，求我回去，还说只要答应她把这孩子生下来，以后什么事都依我。"徐世炜不紧不慢地说着，一点也没加油添醋。

"这女人真伟大，心甘情愿地为你这混蛋生孩子。"

"我就是个不愿意被束缚的混蛋！"

"听她的意思，她可没想束缚你，她就是想让你像个男人样，别整天不着家。"

"兄弟，你站在她那一边了？"

"我保持中立，只是希望咱们男人，少做点对不起女人的事，迟早会有报应。"

这哥们儿在说的时候，心里酸酸的。

他年轻的时候，有个女人很爱他，是从农村来城市打工的，单纯而朴实，跟他在一个工厂里，对他百依百顺、倾情照顾。就在这时，他家里给他介绍了一个女人，跟他一样是北京人，家里条件很不错，见了一面后，那个北京女人挺喜欢他的，算是应承了这门亲事。

他需要做个选择了，是选择一个傻乎乎爱他的农村女孩，还是选择个能让他飞黄腾达的北京女孩？他思来想去，跟那个农村女孩说了分手，那女孩伤心欲绝回老家了，发誓再也不来北京。也就是在他跟那个北京女孩结婚后的一个月，新婚妻子出了车祸，命是保住了，但全身伤痕累累。

这么多年过去了，他心里还想着那个农村女孩，但他没脸去找她，当初是他对不起她。他现在对他妻子不离不弃，纵使没有爱情，也算是赎罪吧，为他以前犯的错赎罪。

"她遇到我，才是她的报应！"

"徐世炜，你可想好了，如果你现在伤害了她一个人，在将来，会有两个人恨你。"

"我这造的是什么孽啊。"徐世炜不由得感慨着，他算是被她打败了，他可不能让他的孩子恨他，这会遭天谴的。

他给林若兰回了一条短信，上面写着：真的是等孩子出生后，听我的安排吗？

林若兰回答说"是的"，语气中透露出一种坚定。

"我先回家了，我答应你嫂子12点前要到家的。对了，你还是赶紧搬回家住，那套房子我还想租出去呢。"

"你打车回家吧，把车钥匙给我，明天中午我帮你把车送到你单位去。"徐世炜连忙叮嘱，酒后是坚决不能驾车的，这哥们儿的老婆就是酒后驾车出的车祸，原来多漂亮的脸蛋、多迷人的身材啊，现在全毁了，挺让人叹息的。

"好的，放心吧，你也早点回家！"他从口袋里掏出钥匙，递给了徐世炜，在他的肩膀上意味深长地拍了两下。

那哥们儿刚走不久，徐世炜结完账就回家了，眼瞧着进来一个像是失恋的美女，他还是很坚决地走了出去，从路边拦了一辆出租车，就回到了他跟林若兰的住处。那条短信确实动摇了他，他的想法很简单，林若兰肚子里怀的是他的孩子，他在这个时候不能当一个混蛋。

林若兰真有种，果然又换了锁。

他按着门铃，不到 10 秒钟门开了，林若兰笑脸相迎，几天不见，她胖多了。

"回来就好，回来就好，回来就好。"林若兰激动地不知道该说什么，重复着同一句话。

徐世炜点了点头，向冰箱走去，想拿瓶喝的，刚打开冰箱门，发现里面摆满了吃的，有泡面，还有各种熟食，徐世炜心里顿时不快，他努力着平静地说："都怀着孕呢，还吃这种东西？如果不愿意自己下厨房，就找个保姆。"

"我愿意下厨房，明天就把这些全扔了，换成蔬菜跟生的牛羊鸡肉。"

"我以后可能会很晚回来，不用等我吃饭。"他仍旧是一副冷冰冰的态度，他知道自己要试着对她温和一点，不能刺激到她，这直接关乎孩子。

　　"嗯，对了，周五的时候能参加下我们公司的聚会吗？同事都知道我怀孕了，他们都想见见你，好吗？"

　　"周五再说吧，我尽量去。"

11

这完全出乎林若兰的意料，她没想到就是那样的一条短信竟然把徐世炜"劝"了回来，她连忙偷偷地给柳含烟发了一封邮件，表示感激。

是的，感激，无与伦比的喜悦，在她眼里柳含烟是神。

当然，她并不知道徐世炜在犹豫不决时，是他哥们儿的一句话点醒了他："你现在伤害的是一个人，在将来会有两个人恨你。"徐世炜已经知道林若兰的坚决了，这孩子她必须要生下来，若真如此，他不如先委曲求全，待孩子出生后，再细作打算。

林若兰没打算把短信的事告诉徐世炜，她只是漫不经心地问："你以前说的那个女人，叫柳含烟的，我看了几篇文章，还不错，你觉得她真人应该是什么样的？"

"没见过，有种女人无论她长什么样，都一样迷人。"徐世炜在整理衣柜，他把他们的衣服分开放，各自用各自的衣柜，他的衣服清一色的浅色系，而她的衣服则是深色系，有着明显的反差，如果不打开衣柜，不会有人发现。

"我以为你见过，你似乎不是那种对女人按兵不动的人。"

林若兰嘴角浅浅地笑着，依靠在门上啃香蕉。身体已微微发胖，她也曾腰细如柳，身轻如花。不过这对她来说无所谓，她并不是十分在意身材会怎么样，而是在意她身边会有谁。

女人到了一定的岁数，能在乎的就越来越少了，值得拥有的却很多，关键是取舍。

"我会见到她的。"徐世炜觉得林若兰的语气里有丝丝嘲弄，不过他不在意。虽然他不停地表达着自己的仰慕，但是柳含烟始终不为所动，似乎把他当成一个跟其他男人一样浅薄无知的蠢货，意在想跟她上床似的。当然，这只是他的主观臆断，并不是所有的女人都是只把男人分为两类，一类是想跟她们上床的，一类是还没跟她们上床的。

"有些女人不见还好，一见就失去了神秘感，会发现她们原来是那么的庸俗，甚至顽固不化。当然，柳含烟肯定不会是那种让人倒胃口的女人，你说呢？"林若兰只是想跟徐世炜聊天，可以不说柳含烟，但是她会发现，如果不聊让他感兴趣的话题，他随时都会沉默，他们的话题随时就会戛然而止，而且没法再继续。但却没意识到，她在说柳含烟时，心里明显是带有敌意的，无论柳含烟曾怎样帮过她，但她仍旧是把柳含烟当成一个假想敌。

女人大多都是这样，并不是见不得别的女人比自己好，而是见不得自己的男人也觉得别的女人好。天下女人是同行，同行要相轻，那还得是在一个老板底下的人。

"你说话时能不能别这么怪里怪气的，就像旧时古代皇宫里的嬷嬷。"徐世炜停了一下，瞄了一眼林若兰，没好气地说。

"没发现你还挺会夸人的嘛。"林若兰笑了笑装作扔香蕉皮，就走开了，心里自然是钝钝的，却又不好发作。

她溜到电脑旁边，给柳含烟发了一封邮件，上面写着："能不能出来见个面？"

不知道为什么，她想见见柳含烟，让徐世炜耿耿于怀的女人，到底长什么样？

凭第六感觉，她觉得柳含烟可以遥控徐世炜。也就是在瞬间，她想把柳含烟当成一颗棋子，尽管这很危险，且步步艰难，但这一个念头在她的心里蹦出来后，就变得越来越坚定，就好像这是唯一一条能走进徐世炜心里的路。

有时，如果自己无法走进一个男人的心里，换一种方式，进驻到他的心里，掌握着他的行为思想，也是一种胜利。而柳含烟无疑是最佳的将领，因为她之于徐世炜是神秘莫测的，是那么高高在上，不随波逐流。最主要的是，她并不容易被男人征服，特别是像徐世炜这样迷人的男人也无法轻易征服她。

徐世炜收拾好衣柜后径直进了书房，门半掩着，林若兰坐在客厅里看电视，眼睛却不时地还往书房看去，有一束细长的光线慵懒地贴在墙面上。在徐世炜不在家的那段日子里，林若兰看了很多书，甚至她觉得有只书虫钻进了她的身体里，心痒痒地要找书看。

林若兰泡了一杯茉莉花茶，晃悠悠地走进书房里，徐世炜坐在书桌前看书，她坐在书桌对面的椅子上说："有人说，真正热爱看书的人，不会只在书房里看。"

　　她说完后，把杯子贴近嘴边，轻轻吹了一下，水蒸气在空中曼妙地舞动着，随后又慢慢地尝了一小口，还有点烫。

　　"哪个人说的？"徐世炜把书放在旁边，揉了揉眼睛，低声问道。

　　"我说的！"她又抿了一口茶水，得意扬扬地说。

　　"但我以为，你就是来为我送茶水的。"徐世炜站起身，把书放回书柜中，伸了个懒腰，就出去了。

　　林若兰愣坐在椅子上，气得直咬牙。

　　是的，徐世炜恨她，虽然她说她不会拿孩子要挟他，但是，他却不得不为了孩子跟她一起生活。这很煎熬，这使得他没有办法好好跟她说话，就像她是仇家，却又不能无视她的存在，就连晚上睡觉的时候，他的心里也会暗暗地气愤，曾几何时，他要与一个怎么赶也不走的女人同床共眠。

　　有时，男人总觉得女人好对付，无非是伤了她们的自尊，冷落了她们的娇气，她们就负气而走，然后男人就可以以受害者的身份自居。然而，无论多么狡猾的猎人，也会遇到难缠的猎物，没有谁是天下无敌的，更何况像徐世炜这样的猎人还经常良心泛滥，狠不下心。

　　林若兰想：欠的总归要还，如果还的太多了，怎么办？就这么循环下去？可以不要吗？

经常人们会考虑以何种姿态存在于别人的生活里，总希望能挥一挥衣袖，什么都不带走。可是，因果因果，有因必有果啊。

徐世炜自顾自地躺在床上，他无意间看到了林若兰脸上挂着的不快。谁都知道孕妇的心情跟婴儿的成长关系很大，他意识到以后要注意跟她说话的方式了，可以不说话，但不能说话太过冰冷，虽然他真的做不到柔声细语。看着她神情沮丧地在剪指甲，他内心有些不安，嘴里不自觉地问道："你们周五晚上几点的聚会？"

"你能来是吗？7点，就在我们公司附近。"林若兰听到他这样问很开心，因为她以为他并不想去。

"我周五还没什么安排。"徐世炜耸了耸肩，看着她脸上瞬间绽放的笑容后，内心轻松多了。

"那好啊，6点半我们单位见？"

徐世炜点了点头，就睡下了。

生活就像是演戏一样，不知道剧本突然要怎么写，人物的性格塑造会不会发生什么变化，但却要演下去，一丝不苟地怀揣着敬畏之情。就像徐世炜一样，他会随着某一瞬间的情绪改变对林若兰的态度，这并不是初衷，但却不由自主。

林若兰发出了那封想跟柳含烟见面的邮件后，还没有得到回复，林若兰又发了一封，她写道："我想跟你谈一笔买卖，见面聊，如何？"

才一分钟，就收到了回复，问："什么买卖？"

答："只赚不亏的买卖。"

问："有这样的好事？"

答："幸运女神会眷顾聪明的女人，如你。而我就没那么幸运，我的生活一团糟。"

问："我为什么要相信你？"

答："因为我很诚恳地需要你的帮助，而且你还能得到丰硕的报酬。"

问："为什么是我？"

答："因为你懂女人，也懂男人。就算这笔买卖谈不成，我也会付费，按心理医生的付费标准。"

问："时间地点？"

林若兰笑了，她把时间和地点发给了柳含烟，心里却还在盘算着这样做是否合适。

是的，她想要收买柳含烟，让她去靠近徐世炜，把他所想所说的传达给她，虽然这是一种冒险的行为，但是，如果不知道徐世炜在想些什么，这更危险。

孩子成了未来生活的筹码，她需要知道胜算，这就像是一场战役，两国相战，必有一伤，她需要一个如间谍般的人进入敌国去获取情报，然后一计得天下。

没有人不爱钱，而她有的是钱。她觉得柳含烟会看在钱的面子上，答应这个合作。

如果林若兰知道徐世炜会说那样的话，她无论如何都不会让他参加公司里的聚会。

　　在聚会上，她的秘书问徐世炜："你喜欢男孩还是女孩啊？"

　　徐世炜不假思索地说："男孩。"

　　她的秘书没心没肺地问："那如果我们林总生了个女孩呢？"

　　徐世炜想也没想地说："我就再找个女人给我生个男孩呗。"

　　他们先是一愣，然后都笑了。林若兰顿时无地自容，她不知道别人会怎么想，而她看了一眼徐世炜，他分明是一脸的若无其事，难道他之所以来，就是为了在众人面前让她难堪吗？她平时在公司里像个女王般，而突然之间连个女婢都不如。

　　回到家，她问他："为什么要在我同事面前那样说？"

　　他很无辜地反问："我有说什么让你林总监下不了台的话吗？"

　　她没再说什么，而是躲在洗手间里哭了很久。

12

下午 2 点，林若兰到了约定的地方。

她跟柳含烟约的时间是下午 3 点，她早早地到了，怕迟到。她还特意化了淡妆，遮住了脸上的小雀斑，穿着宽松的天蓝色长裙，披着一件乳白色针织外套，涂抹着鲜艳的口红，配了一串珍珠项链，她出门的时候还特意在镜子前左顾右盼，生怕有什么细节会显得不完美。

是的，她希望是完美的，何况所面对的是一个让人捉摸不透的高傲女人。

这是一家咖啡厅，她来过多次。她推门而入，径直走到了她预约好的座位上，要了一杯绿茶。她心里紧张不安，生怕柳含烟不来，但是又怕她真的来了自己又词穷而不知如何应对。

她笑了笑，想试着宽慰自己。时间还早，但她却不停地张望着门口，每进来一个人，她的心都会跳得很快。按理说，她也结识过很多的陌生人，并且很淡定地跟他们谈生意聊合作，而今天，同样是谈生意，她却不能像对待别人那样平静，反而像是青涩少女的初次约会。

她从杂志架上拿了一本书，漫不经心地翻阅着，根本什么也没有看进去，心里只想着柳含烟是一个什么样的人，在听完她所谓的买卖后会是什么态度？她甚至在想以什么话作为开场白会给柳含烟留下好印象。

曾几何时，她从未处心积虑地要表现自己，而现在面对的是柳含烟，她就像是一只鸟儿一样抖动着靓丽的羽毛，这是一场不动声色的比美。徐世炜欣赏柳含烟，林若兰自然是希望自己能从各方面压住她。

"我可以坐在这里吗？"一个低沉的声音在耳边响起，林若兰连忙抬起头，眼前站着一个高挑纤细的女生，扎着马尾辫，穿着纯白色的麻质连衣裙，戴着一个孔雀型的铂金项链，上面镶着浅黄色的碎钻，模样纯情得像个处女。第一眼看上去，并不是十分吸引人，只不过是比普通人多了一份清凉感。

"柳含烟？"她有点怀疑，似乎柳含烟应该是一个妖娆的女子，浑身散发着妩媚而灼热的气息，而眼前的女子像是个学生，眼睛清澈得像一块翠玉。她的嘴角似笑非笑，像是天生地长着一副笑唇，这让她素净的脸上多了一丝温柔的生机。

"嗯，是我。"柳含烟不由分说地坐在林若兰的对面，点了一杯啤酒。

"哇，你的眼睛是绿色的？还是我看错了？"

"曾经我以它为耻。"她表情漠然，目光有着淡淡的哀愁，话语间冷冷的，但是并不会让人觉得难以接近。林若兰心想，她就像是天生的置身事外，不喜不忧的，不远不近的，像是有一种魔力，让人不由自主地想给她温暖。

"我没想到你会这样年轻。"林若兰轻轻地笑了笑，是的，的确她没想到那些思想成熟、观点尖锐的文字竟然是个看上去不过二十岁的女孩写的，该是经历过怎样的生活，才会总结出那么深刻的感悟？

"你说有个买卖？"柳含烟没理会她的惊讶，像是习以为常。林若兰欣赏她的沉着，能对不愿意接的话不闻不问。

"是的，一个好买卖。"直接开门见山，林若兰反而有点难以适应，她原本想问柳含烟的真名是什么，为什么叫柳含烟，为什么是碧绿色的眼珠。

如果可以，她甚至想知道柳含烟有着怎样的心路历程，过着怎么样的生活。眼前这个女子完全超出了她的想象，假如徐世炜在场，或许也会如她一样觉得不可思议，但并不会觉得失望，因为徐世炜说了，柳含烟是一个无论长什么样都迷人的女人。

多看柳含烟几眼，会发现她的确很迷人，使得人的眼睛不愿意离开她的脸。具体地说，应该是那双眼睛，眼若美玉，就像是能看到通往天堂的路。

"说说看。"她喝了一口啤酒，轻巧地吐出三个字。

"在未来的六个月里，去接近一个男人，把他所说的话都告诉我。"林若兰抿了一下嘴唇，先让服务员给绿茶续些开水，随后看着柳含烟碧绿色的眼睛把她在心里默默练了好多遍的话复述了一遍。

"他是你什么人？"还没等林若兰把话说完，柳含烟就打断了她。

"一个我爱的男人，但他似乎并不怎么爱我了。"

"为什么不放手？"她问得很干脆，就像是从不曾爱过任何人。

"我怕我会后悔。"林若兰知道，此时放手她必定会后悔。

"恐怕你会在听到他所说的话之后更后悔。"她的嘴角像是有过一丝浅笑，又像是没有。柳含烟有着蜜饯般的嘴唇，如果是男人想必是无法从她的嘴唇处移开视线，那么的性感而饱满，但是说出的话，却丝毫让人体会不出甜蜜，反而有点咄咄逼人。

"没做过的事情怎么会知道是否会后悔？"有时，就连做过的事情都不知道有没有后悔。让柳含烟进入徐世炜的生活，这个决定就如同生孩子一样，她必须要做，而且越有人质疑，她越要坚持下去。因为，坚持是成功的女仆。虽然有时候连自己也不知道坚持的意义是什么，但却就是这样义无反顾，并且不畏后果。

"那男人真不幸！"

"你愿意做吗？"林若兰不想跟她争论这件事情的可行性，甚至不想问她为什么说徐世炜不幸，就像是买凶杀人一样，杀手是没有必要知道杀人的目的与缘由的。

"不愿意。"她几乎是不假思索脱口而出，没有半点迟疑，眼睛也没有眨一下。

"为什么？"

"我不会把时间浪费在徒劳的事情上，没意义。"

"我可以给你很多钱，这个数字如何？"林若兰边说边用手指在桌子上写了一个数字，是一个很诱人的数目。

柳含烟看完她写的那个数字后，猛地从座位上站起身，从钱包里拿出一张纸钞扔在桌子上，算是付的酒钱，转身就欲离开。

林若兰看柳含烟要走，她情急之下说："再加一倍！"

柳含烟竟然就没再向前走，站在原地但没转身，背对着她。

"我还可以一次性付清！"

柳含烟转过身，向她走来，林若兰悬着的心终于放下来了，她觉得柳含烟接受了这笔买卖，没想到柳含烟竟然不屑地说："我最讨厌那些以为有点臭钱就能解决问题的蠢货！"

林若兰连忙说："求你了，别走！"

这是一种下意识的反应，话就随口而出了，根本就来不及思考，甚至都不顾当前的形象。是的，柳含烟就像是她的最后一根稻草，无论如何她都必须要接受，只是希望，她能帮她。真正骄傲的女人，是可以把自己放得很低很低，因为只有这样，她才能反弹得很高很高。

走出数步的柳含烟又一次站住了脚，像是被吸铁石吸上了，愣愣地站在原地，林若兰接着说："能听我给你讲个故事吗？听完它后，你再决定帮不帮我。"

她明显是换了一种语气，如果是遇到用钱搞不定的人，就需要花点心思了。

　　这就像是在乞求，而林若兰却觉得这不过是为了达到目的的一种方式，由古至今有志者都需要能屈能伸，林若兰心里在自我安慰着。

　　柳含烟又一次返回到了桌边。不得不说这很糟糕，林若兰长这么大，还是第一次被女人在众目睽睽下凌辱，而在众目睽睽之下凌辱过她的人还有徐世炜。

　　凌辱，是一个很尖锐的词，只会让人心生寒意，却无法心生恨意。

　　林若兰见柳含烟坐回了对面，就为她又叫了一杯啤酒。

　　"你想抽烟吗？"林若兰轻声问道，她希望能缓和一下刚才的气氛。

　　"我只跟男人在一起抽烟，从不在女人面前抽。"

　　"为什么？"

　　"如果我随便编一个理由你也会相信是吗？其实答案是没有答案，一直就是这样的。"她说话就像是天生的不冷不热，甚至让人不由得怀疑她的身体是恒温的。

　　"我叫林若兰，我爱的那个男人叫徐世炜，他一直去看你的博客，他说他很欣赏你，你的一些文字写到了他的心里，你知道吗？他每次在说你的时候，眼睛里都是在放着光！他还说行走在静谧流年中的空灵女子无论长什么样，都一样迷人。"

"你说要给我讲个故事。"柳含烟总有这个本事，能直接跨过一些她觉得无关紧要的话，即使是硬生生地划断，她也觉得那弧度很美。

　　"是的，这是一个真实的故事，女主角就是我。"林若兰的眼睛里泛着悲伤，她时常会记得那些过往，片片如织，纷纷扬扬地不肯散去，就像是演完戏的小丑不忍离开舞台，又像是冰块在阳光下拒绝融化。

　　有时，人总是要学会面对自己，面对以前的自己，面对未知的自己。

13

是在 12 年前，19 岁的林若兰考上了北京的一所大学。

她原本是想去上海的，但妈妈说北京是首都，要去北京。于是她就顺从了妈妈的意愿，以优异的成绩挤进了北京这座城市。

她说：城市很大，灵魂拥挤。

有时，人们根本就不知道，一不小心就会与某座城市结缘，然后，怎么也走不出去了。

她出生在四川的一个小县城里，风景很美，天蓝水清的，云朵就飘浮在半山腰上，遍地的野花，没有像北京这般车水马龙。也就是在她刚到北京的第二天，听妈妈说家乡被规划成旅游风景区。她心想：为什么人们要以破坏大自然为代价回归自然？

在入校的第一天，她交了一个朋友，名叫柳枝。那是在教室里，她刚坐下，有个人从背后拍了拍她的肩膀，很激动地说："你的麻花辫很时尚耶！"

她连忙转过身，看到了一个笑得像花一样的女生，很兴奋地看着她。她憨憨地笑了笑说："这是我自己编的。"

"你自己能给自己编麻花辫？"

"是啊，小时候都是我妈给我编，后来，我自己也学会了。"林若兰有些得意，双手还轻择着两条长辫子。

那女生也下意识地摸了摸自己的短发，快快地说："等我的头发再长些，你教我？"

"好啊，我会三种花式，如果是给别人编，我能编出五种花式呢。"

"你叫什么名字，不是北京人吧？"

"我叫林若兰，四川的，你呢？"

"柳枝，土生土长的北京人。"她脸上浮现出北京人特有的骄傲，但不会让人生厌。后来柳枝说，她的名字是自己起的，绝不会和人重名。

柳枝比林若兰大两岁，父母都是收藏古玩字画的，从小就耳濡目染，她对字画特别感兴趣，而且还很有研究，简直到了着魔的地步。闲暇时总会逛大大小小的画展，现在，她正把目光转移到了国外的作品上。家里收藏的中国古字画琳琅满目，随便拿出一件，她都能滔滔不绝地说上两个小时，林若兰见识过一次，到现在还心有余悸。

别人的偶像不是作家就是明星，柳枝只喜欢宋朝的李清照。有时，她会跟林若兰念叨着，说她如果能穿越到古代，李清照收藏的那么多珍宝就不会毁坏在战火中了，多可惜啊。

当然，李清照也是一个才女，留下了许多脍炙人口的词文，柳枝绝对是一个铁杆的粉丝，每一首词她都能信手拈来。作为柳枝的朋友，林若兰收到了她送的一本李清照的作品集，看了一遍后，只记住了几句，不过，她倒是喜欢上了绿肥红瘦的海棠花。

在不知不觉中，友谊就开始了，林若兰搬出了学校宿舍，住进了柳枝的公寓，两个人从此形影不离。那时的林若兰话不多，也没有什么主见，单纯得像一张白纸，柳枝经常带着她去看画展，她是去看热闹的，柳枝是去寻找宝贝的。虽然不懂画，但也赏心悦目。

那天没有什么特别的，吃过午饭，柳枝就带着林若兰参观一个美国当代艺术画展，希望能有所收获。有时，林若兰不明白为什么柳枝要花上万块钱买一幅画，她印象里妈妈每次花大钱时眉头总是皱着的，而柳枝不同，她心花怒放喜上眉梢。

这一次，还没有进画廊里，柳枝就说："我的钱包又在跳舞了。"

像往常一样，她们各看各的，柳枝是认真仔细地看每一幅画，而林若兰则是走马观花地看，看了一遍后，就会找个地方坐下等她。来看这个画展的人很多，她只是站在大厅的中央转了个360度，就算是看了一遍，然后就朝着里面的小厅走去，那里人少，林若兰一眼就瞄到了一个长椅。

这个小厅的面积也就是大厅的四分之一，里面摆着十多幅画，她一幅一幅地看过去，当看到其中一幅时，眼睛怎么也移不开了，她连忙站起身向它走去，它被摆在一个角落里，很不起眼：天蓝色的桌面，上面散落地摆放着鲜红色的樱桃，有一个雕刻精美的瓷器托盘里摆放着一串紫葡萄，在桌边有一个绿色的啤酒瓶，里面插着一支黄玫瑰花，在它的旁边还有一个褐色的小药瓶，里面插着一支白色的康乃馨，还有一个睡倒的透明奶瓶，里面插着一支粉红色的海棠花。光线柔和，颜色有着很强烈的对比……林若兰被这幅画吸引住了，它并不如其他的画那么明媚而耀眼，反而略显朴实清新。

在看着它的时候，林若兰思绪停止了，就好像一下子融入画的意境中，有着静止的时间与不动声色的安谧。

"知道它叫什么名字吗？"有一个温和的声音把她从画中拉了回来。

林若兰满面慌乱地看着眼前的那个男人，他的眼神里像是有着慈祥的父爱，但他应该是一个不超过30岁的男人，个子高高的。

经他这么一提，林若兰把这幅画的每一个细节都认真地搜寻了一遍，没发现有任何名字，一点提示也没有，只有一串字母，那是画家的签名。

"你想为它起个名字吗？"那男人的声音温暖得让林若兰有点心醉，他似乎不爱笑，但并不会是一个严肃刻板的人。

"我觉得没有合适的名字能形容它。"林若兰想了想，尴尬地笑了笑。这幅画真的很美，美到没有办法用文字去代替它的存在。

"有时我也这样觉得，每看到一幅心爱的画，总希望它能有个名字，但却根本就没有合适的。"那男人笑了，嘴角浮起一丝浅笑，就像微风抚弄水面般轻柔，"我发现你站在这幅画前有二十多分钟了，别人几乎都不注意它，很少会有人能这么安静地站在一幅画前这么久。"

林若兰不禁有些惊讶，她没想到竟然已经过去了二十多分钟，而她却觉得只不过是一瞬间。"啊？它有一种魔力，看到它后，时间仿佛静止了。"

"我经常有这种感觉，它能把我抓进画中去，现在，很少会有一幅作品，能让人在看到它后，内心平静而安宁的了。"

"你也对画很有研究吗？"林若兰不禁在想，原来他跟柳枝是志同道合啊。

"我没有，只是偶尔逛逛，你呢？"

"我有个非常热爱字画的朋友，她简直到了着迷的地步，我对画就不太懂了。"

"懂不懂不重要，喜欢就行。对了，我叫徐世炜，是这个画展老板的朋友，过来帮忙的，你呢？怎么称呼？"他眼睛里闪着如星光般的灵动，好像会说话。

"我叫林若兰。"她笑了，面色绯红，不敢看他的眼睛，好像有什么东西要从她的身体里跳出来似的。

"林若兰，你喜欢兰花？"他重复着她的名字，然后很惊奇地问。

"这名字是我妈起的，我爸最喜欢兰花，家里种了好多，我吗，还好吧，它很美。"柳枝也曾问过她是不是喜欢兰花，她曾经以为她是的，后来发现许久不见兰花，心里也并没有多少念想，反而是海棠，让她总想每天都能看到。

"我最喜欢兰花了，以前在书中看到这样的一段文字：'它的香气既甜美又颓废，它是热情的魔鬼之花，纤巧雅致，需要最精心的养护栽培。它的价值在于它的稀有，在百花园中，它是那么的与众不同，卓尔不群。'不知道是看了这段文字后喜欢上兰花的，还是它激发了我对兰花暗藏的喜欢。"

"我觉得是后者，因为生活总会想办法让我们知道，什么才是我们真正喜欢的。"林若兰本想对徐世炜说她是因为看了李清照的一首词后才意识到自己喜欢海棠花的，但她没说，有些话并不着急要一次说完。

"对了，下周六这里还会有一个画展，会展出好几幅我最喜欢的一个画家的作品，你知道吗，看到她的画时，能觉得它在动！人的整个灵魂都会跟着颤抖，真的很让人震惊！但是，却又觉得时间静止了，周围的一切都被定格了，那种从身体深处迸发出来的兴奋，真的会让人为之疯狂，紧接着又能体会到前所未有的沉静。林若兰，你能来吗？"他在说的时候非常激动，仿佛画就在他的眼前，他脸上的表情是那么喜悦，就像是沉浸在莫大的幸福中。

"好啊，这么好的作品，说不定我朋友也很喜欢的。"

"我们到二楼坐坐？我朋友他最爱喝花茶，收集了世界各地的花草茶，我给你泡一杯？"

"不了，我怕我朋友一会儿找不到我。"尽管眼前的这个男人让人喜欢，但毕竟才只是刚认识而已，她不自觉地矜持起来，虽然他们已经聊得很投机。

"你的朋友是？愿意介绍我跟她认识一下吗？"徐世炜面对她的拒绝并没有表现出失望，反而激起了更大的兴趣。

14

就在这时，柳枝来了。

她在离林若兰还有好几步的时候，就兴奋地说："若兰，我找到了一个宝贝，赶紧来看看，我准备买下它了！"尽管她努力地想压低声音，但还是引来了整个小厅里的人的目光。

"柳枝，你来得正好，我给你介绍一下，这是徐世炜。"林若兰迎上去，牵着柳枝的手回到了徐世炜的面前。

"怎么是你？"柳枝脸上的兴奋一下子就消失了，像是换了一个面具般，冷冷地板着脸。

"你们认识？"林若兰不解地问道，怎么柳枝看到他后这么生气？她还看了一眼徐世炜，他垂着头，看不见他的表情。

柳枝恶狠狠地凑到徐世炜的耳边说："徐世炜，我警告你，她还是个处女，你玩不起！"随即就拉着林若兰的手向外走去，林若兰还回头看了一眼徐世炜，他面无表情地一言不发，眼底有着一丝难以名状的愁绪。

"喂，你怎么那样说话哦。"在画展的门外，林若兰挣脱了柳枝的手，羞愧难当。

是的，她在读大学之前并没有谈过恋爱，这让人难以置信。

爱情这种东西很玄，不知道遇到谁会怦然心动，但又不能凑合。有过好多男生曾向她明示和暗示过，她始终不为所动，这并不是因为她不接受，而是她根本就没有往那方面想。

"你离他远点，他只不过是想跟你上床！"柳枝的愤怒像是开了闸的水，一发不可收拾。

林若兰低着头嘟囔道："我怎么不觉得呢？"声音轻得连自己都听不到。

她不知道柳枝为什么那么针对徐世炜，怎么在柳枝的眼里，他就成了一个恶劣的男人呢？而她觉得徐世炜在跟她说话时，眼睛里有一种纯净而明亮的光，可能她的眼睛里也有，他的脸上是那么真诚，不像是怀有肮脏的目的。她从来没有遇到过哪个男生，会让她面红耳赤，而且生怕说错话的。

"若兰，我是说你傻呢？还是说你蠢？难道一个二流货色会在自己的脸上写着'我是登徒子，请勿靠近'？难道他们会对一只小绵羊说'别怕，我是一只温柔的狼'？"柳枝越说越激动，好像林若兰做了什么十恶不赦的坏事，抑或是徐世炜。

"好啦，不提他了，你不是说要带我去看一幅画吗？"尽管心里还是觉得委屈，但林若兰不想再跟柳枝争论，同时，不禁对他们之间发生过什么很好奇，可是又不能问，怕柳枝更加的恼火。

"不买了，看到他就扫兴，我们走吧！"柳枝冲着画廊门口翻了一个白眼,仍旧是怒气十足。刚走了几米,她又说:"等一下,我打个电话给我爸,让他过来把它买走。"

林若兰差点笑出声,就知道柳枝不会舍弃她的宝贝不管,每个人都有自己的软肋,对于热爱收藏字画的柳枝来说,能入她法眼的,都像是她的孩子。

在她们回宿舍的路上,柳枝还是把徐世炜的劣迹向林若兰说了一遍。原来,在半年前,柳枝独自参加一个画展,是在酒吧里举办的,她当时并没有抱太大的希望,只是像完成任务般地逛了一圈。就在她想离开的时候,注意到了一幅画,不由得亢奋、激动,恰好徐世炜也站在那幅画前,柳枝实在太爱它了,她就自作主张地跟徐世炜聊起了它是如何的好、如何的有收藏意义、如何的征服了她。柳枝总有这个本事,对一件热爱的东西一说就是很久,而徐世炜一直是很耐心地听着,脸上从来没有过半点不耐烦,反而是配合着她的喜悦不停地微笑。

许久许久之后,徐世炜提议说:"我们去吧台喝点什么吧?"

徐世炜原本是想喝啤酒,柳枝开心,她就开了一瓶威士忌,却又不胜酒力,喝着喝着就醉了。徐世炜没醉,他竟然把喝醉后的柳枝带到了宾馆,然后顺其自然地发生了性关系。

如果只是这样,柳枝也不会痛恨徐世炜,就在她酒醒后,一个人赤裸着身体睡在狼狈不堪的床上,他早就没了人影。这个耻辱深深地印在柳枝的心里,她不明白为什么男人在未得到一个女人的身体前,对她很是依顺,脸上的神情让人不禁很喜欢,能听她独自说一个多小时也不厌倦，而在得到后便逃了，难道女人的身体就如物件般，得到后就弃之？

有些男人不懂，他们辜负了一个女人一次，这个女人会记恨男人一辈子，她们的心里就会有阴影，觉得男人都是同样的货色。

林若兰听完后，心里对徐世炜很失望，没想到他竟然是如此不负责任的男人，那么的坏，特别是看到柳枝偷偷抹眼泪时，她在心里暗暗诅咒徐世炜。

当故事讲到这时，林若兰又给柳含烟要了一杯啤酒，自己换了一壶水果茶。

她问柳含烟，为什么有些男人在跟女人上床后就落荒而逃？甚至就像从不曾认识？

柳含烟想了想，说："有这样一部分男人，只有生殖器，没有大脑，他们是以跟女人上床为最终目的，得到后便觉大功告成，因为继续交往下去需要成本，他们心知肚明，所以不如溜掉。也可以说得含蓄一点，当他们得到一个女人的身体后，发现两个人并不适合，不愿意委屈自己。"

自从见到那个叫徐世炜的男人后，林若兰竟然有点犯痴了，她会出神，脑子里浮现出他的脸，还有他在说话时如跳舞般的嘴唇，想到他时，自己会不自觉地微笑，甜甜的。

但柳枝的遭遇，又让她十分恨他，怎么那么一个温和而干净的男人竟是个伪君子？

在那个周六的早晨，她思想斗争了好久，想去看徐世炜说的那个画展，但是又不想见到他，毕竟他伤害了她的朋友，也算是她的敌人。然而，她不禁会对那些画感到好奇，会是怎么样的画让一个男人在说的时候一脸的美好与憧憬呢？

或许，看画只不过是她的一个借口，尽管他是个二流货色，尽管他是狼，但她还是如少女怀春般压抑不住地想见到他，又不能对柳枝说，怕柳枝看不起她。在中午的时候，自己偷偷摸摸地出去了，穿着她最喜欢的衣服，编了她最喜欢的麻花辫的花式。

当她到那个画展门口时，远远地就看到了徐世炜，她紧张不安，想原路返回，徐世炜也发现了她，抱着一盆花就朝她奔来，她也想往回奔，但是脚怎么也迈不动，就傻傻地站在原地，心脏快要从嗓子里跳出来了。

"嘿，送给你的。"他笑得很开心，像个大男孩，双手捧着一盆兰花，递到林若兰面前。

"我不要！"林若兰刚想接，突然就想到了柳枝，害羞与窃喜猛地就消失了。

徐世炜怯怯地问道："怎么啦？"

"我是来看画的，不是来看你的。"说着，林若兰便绕过他，就像是流星附体一样，快步向画廊走去。

人总会对突如其来的幸福胆怯，没有勇气面对，却有勇气躲开。

她看到了几幅画与别的画不同，整张画布被大片大朵的鲜花覆盖，花好诡异，好像在动，那些花就像是昆虫，像眼睛，受伤的眼睛，像受伤的肉，某种吓人的东西，如此的蛊惑，如此的让人不安，却又被深深地吸引，欲罢不能地不忍闭眼，在恐惧与震惊中蔓延开的画布，美得邪恶。

"她叫 Seraphine，在死后，作品才得以流传于世，她把画画当成了一种信仰，是活下去的唯一坚持，她说她怕看到自己画的画。在她生前，有个画商要为她举办画展，结果未能如愿，她说了一句：我的画受伤了。"徐世炜就站在她身边，轻轻地说着，话语间难免有惆怅。

似乎，林若兰能体会到 Seraphine 近乎绝望地说：我的画受伤了，它们在黑夜里哭。

与此同时，林若兰也好像听到了 Seraphine 的画商伍德的话："画下去，无论如何都要画下去！"

有很多有才能的人，他们生前都是挣扎在生活边缘，对艺术的追求是生命中唯一的曙光，然而，那种对艺术的执著与对被认可的渴望，都及不上命运的刁难。有些人在生前不得志，死后却名扬天下，不知道这算是那个门派的咒语。

林若兰怒视着他："你为什么欺负柳枝，还不声不响地走了？"

"我只是出去办了点事，等我回到宾馆时，她已经走了。"

徐世炜像是个做错了事的孩子般。

"你为什么不跟她解释？"

"不如让她恨我好了，那样以后她还能学会保护自己。"

"那你应该向她道歉啊，或者干脆娶了她！"林若兰说得很轻巧，心脏却竟然像是被硬物压住了。

"我可以向她道歉，但我想娶你！"徐世炜嘴角露出一丝真诚的笑，满怀温情地看着林若兰。

"什么？"

"没什么，我觉得我好像因为你得了相思病。"

15

　　那一年徐世炜 26 岁，自从初恋女友跟一个有钱的老男人在一起后，他有好几年没想再找女朋友。他并不恨她，只是让他意识到自己的欠缺，对女人光有爱是不够的。

　　然而，当编着麻花辫的林若兰出现在他的视线中时，他却怎么也移不开眼睛了。

　　她看画，他看她的背影，她觉得时间静止了，他也是。有些人在看风景，殊不知自己俨然也是在风景中。他没有办法不去认识她，甚至也没有办法装作是随意的一次邂逅。他很庆幸他来了，因为能遇到她。

　　他顺着她的目光看去，那是一幅很静谧的画。他心想，喜欢这幅画的女生，内心应该是静美而温暖的，善良的女生对生活不会要求太苛刻。

　　当他们在聊天时，他迷恋着她纯净而明亮的眼睛以及唇齿间慵懒的神态。他从来是不相信一见钟情的，可是这个叫林若兰的女生竟然像天使一样站在他面前，让他很清楚地看到爱神丘比特拿着箭射向他，突然之间就觉得生活是美好的，明天是充满希望的，爱情如神话般扑面而来，幸福得难以抗拒。但他又不能表现得太直接，怕吓到她，而他自己也是一个内敛的男人，对女人没有太多的经验，初恋女友也是她主动示好的。

如果，如果她的朋友不是柳枝，可能他就不会感觉到一盆冷水从头上狠狠地泼下来，差一点就把爱情的火苗浇灭了，他很顽强地伫立着，虽然脑子轰的一声，知道自己完蛋了。

那天柳枝喝多了酒，他想送她回家的，她死活不说地址，嘴里念叨着要去宾馆睡觉，恐怕是不希望她爸妈看到她的醉态吧。他把她带到了宾馆，放到床上，他真的没有半点歹心，只希望她好好地睡一觉。可是，她抓住他的手不放，柳枝也算得上是一个美女，名媛气质加上骨子里对艺术这种美好事物的热爱，使她显得那么高贵而脱俗。再加上她醉意正浓，脸上泛着妩媚的红晕，眼睛迷离像是在勾引，嘴里发出诱惑人的低吟，错了，是呻吟。

徐世炜也是一个男人，血气方刚的，单独跟一个喝醉了酒的娇艳女人在一起，难免有点心痒痒，但他还是想尽快离开，不能这样占一个女人的便宜，可是柳枝竟然把身体贴到了他的怀里，这倒是十分的让他为难，很久没碰过女人了。当欲望控制不住时，谁都会顺从它。

他先是试探性地亲了一下她的额头，结果她却送来了嘴唇。

事情就这样顺理成章地发生了，完事后，柳枝沉沉地睡去，他看着她，心里不禁犯嘀咕了：徐世炜看你做的好事，等她清醒过来不活剥了你的皮才怪，还不赶紧逃？难道等她醒来后揭发你强奸她？

他连忙穿上衣服就逃走了，一口气奔了数百米，他坐在一个公园的长椅上休息，转念一想：这样也太不是男人了吧，怎么能提起裤子就逃呢，她条件又不差，长得漂亮，爱好也那么高尚，怎么能因为一个好女人而让自己成为一个不负责任的坏男人呢？

于是，他又往回走，走得很慢，一点也不着急，因为心里还在挣扎，生怕她酒醒后会指责他乘人之危，他发誓他从来就没有过小人之心。以前跟初恋在一起时，他对男女之事也并非那么热衷，大多都是被脱了裤子赶上战场的。现如今，他竟然跟一个刚认识不久的女人发生了关系，给他十个脑袋他也不敢想。

就在快到宾馆门口时，他看到柳枝坐在大厅的沙发上，他连忙躲在一旁，过了一会有个服务员对她说了什么，她就站起身向外走去，走路时还晃悠悠的。他想上前去扶她，可又一想，怎么解释他不告而别呢？就在他心虚左右为难时，柳枝已经拦了一辆出租车扬长而去。

他没想到会再遇到柳枝，而万万没想到的是，柳枝还是林若兰的好朋友。看，人不能做坏事，报应说来就来，以迅雷不及掩耳之势就站在了面前。

在林若兰被柳枝拉走以后，他就开始冥想，到底要不要接受爱神的礼物呢？

　　于是，他琢磨了一周，越想越没有头绪，脑海里始终浮现着她的一颦一笑，于是他想：我告诉了她周六会有一个我特别喜欢的画展，如果她来了，就证明她也喜欢我，那么，无论遇到怎么样的考验我都不会放弃！

　　他周五晚上一夜未眠，祈祷着她要来，如果她能来，让他受多少苦他都愿意。

　　周六一大早，他去花市里买了一盆兰花，画廊还没开门，他就坐在门口等林若兰，望穿秋水。就这样，等到了下午，她来了，幸福就像是倾盆大雨一样对他浑身上下进行了洗礼，他连忙迎上去，就像是一个羞涩的男生般，但又要鼓起勇气接受幸福。

　　他们一起吃饭，他送她和兰花回家，顺便向柳枝道歉。

　　虽然林若兰面对他的表白无动于衷，但他能从她的眼睛里找到温柔的喜悦，这就够了，他要对她好，让她知道他的心意，什么都无法阻挡。

　　向柳枝道歉这绝对是一件自讨没趣的行为，但徐世炜还是要坚持这么做，他料想着自己肯定会被骂得狗血淋头，为了能证明给林若兰看他是真的想融入她的生活中，只得硬着头皮站在柳枝的面前，很真诚、很谦卑地说："对不起，请原谅我！"

　　柳枝头也没抬，坐在沙发上看杂志，林若兰连忙走到柳枝面前，示意她有所表态，无论是接受或拒绝，林若兰都会支持柳枝。

"你当时像乌龟王八蛋一样离开的时候，有觉得是对不起我吗？"柳枝冷冷地问。真是好笑，有阳光大道不走，非要拐了几个小路后再折回来走大道，早知如此，何必当初？

"我看到你上了一辆出租车，但没来得及追。"

"给你三秒的时间，从我眼前消失，打一辆出租车，赶紧滚蛋！"柳枝毫不客气，一点也没顾及林若兰的尴尬，按理说应该是徐世炜觉得难堪才对，但是林若兰的脸上分明是写着窘态的。徐世炜看到林若兰的表情后，更加觉得他不能轻易放弃。

"柳枝……"徐世炜刚喊出她的名字，柳枝就喝声打断了他："你别叫我的名字，我觉得恶心！"

徐世炜先愣了一下，随即和颜悦色地问："怎么样你才能原谅我呢？"

"原谅？你不配说这个词，我永远恨你，你让我对男人很失望，我没想过要让你负责，但是，你也不能把我当成妓女一样对待，你把我污辱了，再反过来像个受害者一样让我原谅你，你怎么有脸说出口？"柳枝站起身，很悲痛地说着，她紧紧地握着拳头，努力地控制着自己，生怕一不小心就冲上去抽打他。

"柳枝，徐世炜他……"林若兰不知道该怎么缓和这么紧张的气氛，早知道柳枝这样愤怒，她就断然不会同意他来道歉。

柳枝转过头很受伤地看着林若兰，很平静地打断了她的话，问道："你是要替他说话吗？"

"我没有！"林若兰连忙否认，柳枝是她在北京唯一的一个朋友，她不能为了一个还不太了解的男人背叛友谊。

"若兰，我跟你这么大时，也像你一样单纯，觉得男人说的情话都是真话，后来我才发现，它们都是谎话，只不过是想骗女人上床。像他这样的男人，表面上装得一本正经，实际上一点责任心也没有，他们根本就不懂得保护女人，甚至一点也不知道珍惜女人的感情。在他们眼里，身体是价值连城的，感情一文不值！"柳枝像个怨妇般缓缓道来，眼睛像把刀子一样插在徐世炜的身体里，来来回回地捅着。

徐世炜并没有想到他的一个冲动的决定，竟然是那么深地影响到一个女人，他懊悔了，可是却不知道该怎么弥补，她就像是一只愤怒的老虎，随时都会把他整个人吞下去，撕扯得连一点骨头也不剩。

谁在年轻时没做过傻事呢？特别是男人，当他们还不知道尊重爱情尊重女人的时候，就迫不及待地去招惹女人，然后掠走了女人对男人的憧憬。到头来，却感慨为什么世界上这么多冷酷无情的女人，却不知道自己在慢慢成长的过程中，把女人当了实践者。而女人呢，积累着越来越多的寒冷，心都凉了，还有情吗？

徐世炜很无奈地离开了她们家，在楼下，啪的一声，他送给林若兰的那盆兰花被摔到了他的面前，他连忙抬起头向上看，一滴眼泪刚好落在了他的脸上，柳枝那哀怨的眼神正看着他，恨不得摔的不是兰花而是他，林若兰则站在一旁，怯怯地不知所措。

16

徐世炜并没有放弃,尽管柳枝把他归结于坏男人一类。越是如此,他越要证明他并不是薄情寡义之徒,人不能因为犯了一次错后就被彻底地打入地狱,他不会向柳枝屈服的。当然,也不能轻易地放弃林若兰,毕竟,她让他生平第一次相信了爱情,发现了幸福在招手。

有时,爱情中总会有一些傻乎乎的坚持,不知道有何意义,但却义无反顾地去做,因为只有这样,才对得起那日渐凋零的时光以及爱神的眷顾。

他住在城东,林若兰在城西,那时候他还没私家车,只能乘公交车去找林若兰,中间要倒一次车,来回需要三个多小时,看书的习惯就是在那个时候养成的。当地铁开通后,他兴奋地跳了起来,不用倒车了,时间也缩短了。是的,他每两天总会去找一次林若兰,就在楼下等着,有时是手捧鲜花,有时是拎着一袋水果,如果看到柳枝,他总会连忙躲起来。

前几次林若兰还会很高兴看到他,慢慢地,心疼他总这么奔波劳累的,甚至有时她很晚回家,发现徐世炜仍旧是等着她，她主动给了徐世炜她的电话号码，说有事联系，不要老那么辛苦等着。他每天都打很多电话给她，大多是嘘寒问暖，从不曾有过轻浮的话语，那时的徐世炜其实就是一个傻小子，一根筋，绝不属于花心浅薄之类。但是他的劣迹真实存在着，想抹去很难，谁都想有一块神奇的橡皮擦，把从前不光彩的事情擦掉。

他是爱林若兰的，并不曾有所企图，只是希望能见到她，跟她说几句话，心里就很踏实了。所以，无论多么辛苦，他总会心甘情愿地来找林若兰，他也提出过一起看电影吃饭，她很无奈地摇了摇头，还说："对不起，再给我点时间好吗？"当然，他愿意等，一心还想着怎么样才能做得更好。

后来，他不再躲闪柳枝，追求林若兰本就应该正大光明些，他开始每天早晨给林若兰送早饭，就等在门口，也不进去，看到柳枝时，他还会浅浅一笑，柳枝似乎对他也无话可说。林若兰脸上感动的笑容能融化他早起的困乏。

没过几天，林若兰怎么也不肯接过徐世炜的早饭，她吞吞吐吐地说："能不能……以后不要这样了。"

原来，徐世炜的认真与付出，在柳枝的眼里就是伎俩，都什么年代了，还会有男人打着爱情的口号从东城跑到西城送早饭的？这多么像演戏啊，还真把男欢女爱当打仗了，把苦肉计都使出来了，眼看着林若兰快被征服了，柳枝不能坐视不管，特别是像徐世炜这种人，阴险起来要多恶毒有多恶毒。于是，柳枝在苦口婆心地劝说后，还义正词严地对林若兰下了最后通牒，不希望在家附近再看到他的身影，否则，上当受骗后不要哭天哭地装受害者。

徐世炜知道是柳枝在中间搅和，他想也没想地说："搬出来，跟我一起住吧。"

"啊？跟你？"林若兰大吃一惊，虽然她喜欢徐世炜，也很感动他为她做的一切，但是，他对柳枝的行为与伤害让她有点害怕，特别是柳枝说越在开始时会表现的男人，越是在结束时残酷无情。她变得很茫然，接受着徐世炜对她的好，但是又恐怕步柳枝的后尘。

"我什么都可以为你做，求你不要在乎别人怎么想，行吗？"徐世炜轻轻地握了一下她的肩，一股暖流经过了她的心脏，她差点就投降了。

就在这时，柳枝从屋里出来，用毛巾擦拭着湿漉漉的头发，不屑一顾地说："看吧，那么喜欢作秀，不就是希望你跟他同居嘛。"

"随便你怎么说，我只是想跟她在一起，好好地疼她，如果你真是她的朋友，为什么不能让她幸福？"徐世炜很不愿意再次正面与柳枝对峙，毕竟是他亏欠她在先，可是，他不能眼睁睁地看着她灌输一些丑陋的思想给林若兰，这对他们不公平。

"你这一个月的确是对她很体贴关怀，连我都被感动了，但是，你能这样对她保持多久？如果她搬去与你同住，狐狸尾巴难道不露出来吗？"柳枝眼角闪过一丝轻蔑。

"柳枝，你不能把跟我的恩怨嫁接到她身上，你受过男人的伤害，是你遇人不淑，你应该好好反思才对，怎么能把这盆脏水泼到她面前呢？你太自私了！"徐世炜有些激动，不管林若兰能不能跟他在一起，但是，他不愿意看到林若兰受到柳枝的影响，从而对男人、对爱情保持着戒备与怀疑，爱情是美好的，谁都没有资格把自己那残缺不全的情感拿出来挡在别人的幸福道路上！

"是啊，我是应该反思，如果那天我没有去看画展，就不会遇到你，我真后悔！"

"这跟遇到我有什么关系？就算那天不是我，是路人甲乙丙丁，你也会跟他们上床！像你这样轻浮不自重的女人活该这样！"

"徐世炜！"林若兰连忙制止他说下去，可惜已经晚了，她看到柳枝眼睛里泛着泪，愤怒的火焰越燃越高。柳枝一把推开林若兰，狠狠抽了徐世炜两个耳光，咬牙切齿地说："我活该？你们男人是不是觉得每一个容易到手的女人都轻浮？她们就是婊子？就算她们被抛弃被甩了，也是罪有应得？那在刚开始，你们为什么不做个君子呢？没有女人会轻易地把衣服脱了，你们男人不懂得女人，却玩弄女人，下辈子等着下地狱吧！"她说完后，早就泣不成声了，随即狠狠地把门关上，林若兰与徐世炜在门外面面相觑。

徐世炜是伤害柳枝的男人之一，却成了她怨恨男人的唯一对象。

"你不该那样说她的。"林若兰伸手摸了摸徐世炜的脸，心疼地泪流不止。她不知道是因为徐世炜被柳枝打了，还是柳枝发自内心的哭诉感染了她。

"对不起，我也不知道怎么会说那种话，对不起，你别哭了，你也打我几下消消气吧。"徐世炜连忙去擦拭林若兰脸上的泪。他根本就不想激怒柳枝，可现在，他把她彻底得罪了，看来，是真的很难再弥补了。长这么大，还是第一次被女人打耳光，被一个他无意间伤害的女人，恐怕她这辈子都不会原谅他，而他也很无奈，随她怎么样吧。

女人啊，心里不能装那么多的伤害，迟早有一天，当幸福来到面前时，自己也看不清。

"柳枝是我在北京最好的朋友。"

"我知道。"

林若兰迟疑了一下，才说出口："那你最近能不能别总过来刺激她了？"她真的左右为难，眼瞧着有个男人把她放在心上，却又怕那是海市蜃楼。

她心想，徐世炜比她大 7 岁，肯定也有过不少女人，她不愿意成为他众多女人中的一个。特别是柳枝这样跟她说：男人玩过很多女人后，就喜欢你这种清纯的女生，交男朋友啊要有双火眼金睛，还是找一个跟你一样单纯的男人比较好，免得成了男人的床上用品。

"好，那我们电话联系？"

"我……我有点不确定，我们好像不太合适？"

徐世炜听到林若兰说他们不合适时，心里咯噔了一下，他握着林若兰的手说："林若兰，无论你觉得我多么恶劣，我都希望能有机会证明给你看我的真心，你是我第一次动心的女生，我希望也是最后一个。"他故作轻松地说着，人总会有这种傻劲，越是有人说他是见异思迁、花心成性的男人，他越是要不松不放、穷追猛打，更何况，他是真的爱林若兰，是他活了26年第一次爱上的女人，恐怕也是最后一个了。甚至，他爱她都不敢太过于用力，因为怕她会吓到，他的爱情火焰是那么旺盛，把自己烧成灰烬也在所不惜。

"可是……"林若兰何尝不希望自己真的是徐世炜最后动心的女生，但是，她怎么能相信呢，特别是刚才看到柳枝那悲痛的表情，她心乱如麻，不知如何是好，她怕自己爱错了人。

"林若兰，我爱你。"徐世炜打断了她，说着，就把唇覆在她的唇上，很轻柔地吻着，林若兰一下子呆住了，内心澎湃不已，就好像身体离开了地面，在半空中飘着，就那样飘着。

这是林若兰的初吻，她没拒绝，却也不懂得怎么迎合，就那样接受着徐世炜的侵犯，温柔地，小心翼翼地，真切地。"亲爱的，别对我失去信心好吗？"徐世炜在她的耳边呢喃着，林若兰心里一软，泪就流了下来。

她送走了徐世炜，回屋抱着哭泣的柳枝："作为女人，爱上怎样的男人会不受伤呢？"

　　林若兰仍旧与柳枝住在一起，没有搬出去跟他同住。她心想，顺其自然吧。而徐世炜心想，她是爱我的，只是有些矜持，我不能辜负这份感情，我要让她成为快乐的女人。

　　有时，人总是太过于相信自己的能力，以为人定胜天，现实的生活仍旧是让两个人之间有一种隔膜，跨不过去，谁知道还会发生些什么呢？

17

就这样，大学四年，徐世炜也爱了林若兰四年，就好像是读的爱情大学傻子系。

徐世炜把工作辞了，一心一意地围着林若兰转，在她的学校门口、家里的楼下，甚至是她跟同学聚会，他都会等在外面手拿着一件外套。林若兰说，为什么你非要天天缠着我，而不去好好上班？他就立马到他朋友的发型店里当了首席发型师，他原本是想如果林若兰成为他女友后，他就能定下心来开一家发型店，而林若兰总是对他不冷不热的。

在大二那年的寒假，徐世炜打电话问她家乡有什么好吃的？她说，有很多好吃的，可突然想吃北京的糖炒栗子了。徐世炜连忙从街上买了五斤糖炒栗子奔去火车站，买了一张车票就去千里送栗子了，他想给林若兰送到她家的，林若兰得知他已经在火车上了，就说去火车站接他。在火车站，他笑呵呵地把栗子递给她，轻轻地抱了一下她，就买了一张返程票回北京了。

大三那年林若兰的生日，徐世炜乘早晨的第一班地铁去找林若兰，手里拎着一件特殊的礼物。那天是个周六，他赶到林若兰的住处时才早晨 7 点，生怕会吵醒林若兰，他就坐在楼梯上等着，等啊等，等到 10 点多的时候，他刚想打电话给林若兰说他在楼下，正好看到林若兰下楼，打扮得很漂亮。他连忙站起身迎上去，林若兰看到他时明显很慌乱，徐世炜未曾发觉，把手里的礼物递给林若兰说："林若兰，生日快乐，快看看我送给你的什么礼物。"

林若兰看到后，眼里闪过一瞬间的感动，但随即又恢复了平静，她说了句谢谢，把礼物放回了家，就出去了，留下徐世炜一个人在楼梯上干站着，他没有多想，就赶去上班了。

徐世炜送给林若兰的是那幅画，他们第一次见面时，她喜欢上的那幅画，它很贵，徐世炜那时是个穷小子，如果不是上了一年的班，怎么也买不起它，他在一年前就跟他的朋友说："这幅画不要卖，等我有钱了就买走，因为我爱的人她很喜欢它。"尽管如此，还是花了他几乎所有的积蓄。

也就是在林若兰生日的那天晚上，徐世炜下班后赶紧去买了很多的烟花，把它们摆在林若兰楼下的空地上，一起点燃了，烟花在放着，他打电话给林若兰，让她看看窗户外。

林若兰淡淡地说她在外面吃饭呢，不在家。

徐世炜就那样一个人傻傻地抬起头看着烟花，苦涩极了，却痛恨自己没想起来要请假陪她过生日。凌晨 1 点多，林若兰回来了，徐世炜就坐在一楼的楼梯上昏昏欲睡，有个男人送她回来的，他们在外面的楼下吻别，那男人在她的身上乱摸，他都看在眼里。

那男人走了，林若兰上楼，看到了徐世炜，他努力地朝她笑了笑，脸上的倦意都没能遮住从心底透出的疼痛。是的，好像有千万条虫子在喝他的血、啃他的肉，可他竟然连喊疼的能力都没有。

"你怎么还在这里？"林若兰垂下头，不敢看徐世炜的眼睛。

刚才那男人是她的男朋友，今天刚确定关系的，甚至也就是在徐世炜放烟花的时候，他成为她的第一个男人。她知道徐世炜是爱她的，但她不敢接受，她怕她会受伤，因为徐世炜的爱太灼热了、太疯狂了，她怕徐世炜在得到她后会变得冷淡无比。

"对不起，我今天应该请假陪你过生日的。"徐世炜很自责，他把所有的错都怪在自己的身上，当看到那男人轻浮得像个情欲的动物在她身上乱摸一气时，他只能紧紧地握着拳头，什么也做不了。

"你还不明白吗？无论你怎么做，我们都是不可能在一起的！"林若兰哭了，是的，她难受，难受徐世炜为什么要这么折磨自己，如果他能像别的男人那样不温不火，或许她还敢跟他在一起。是的，她不敢，因为谁能保证一份在开始时热情如火的爱情，不会随着时间慢慢地冷却呢？

"你跟他在一起了吗？"徐世炜明知故问，他很奇怪，林若兰明明是爱他的，怎么会跟别的男人在一起呢！

"是的，他是我男人了！"林若兰说得很慷慨激昂，而转念一想，那男人除了会花言巧语外，似乎也没有对她做过什么，而她竟然就这么轻易把自己交给了他。原因是什么呢？或许只是想让徐世炜死心吧，如果，徐世炜真的死心了，自己会甘心吗？她没想那么多，她甚至自己都怀疑今天的疯狂。

"他比我对你还好吗？"他竟然流泪了，声音哽咽，像个受了很大委屈的孩子一样。

"如果你能对我不这么好，或许我们还有可能。"有时，爱情就是这么奇怪，有人犯贱般对另一个人好，而另一个人却犯贱般偏偏不爱对自己好的人。

"我没有办法对你不好，我一点办法也没有！你杀了我，我也要对你好！"

"你快回去休息吧，我要进屋了。"林若兰从他的身边走过去，想给他一个拥抱，但她没有，在经过他时，反而加快了脚步。

徐世炜就那样看着她上楼，自己像是失去了灵魂的躯壳般在大街上晃悠，走啊走，再也走不动了，倒在地上就睡着了。他想着：死吧，死掉算了，心就不会这么疼了，脑袋也就不会乱哄哄的了。就在这时，有个人去扶他，根本就扶不动。

又过了好一会，来了另一个人一起扶他，她们把他架到了一辆出租车上，车子停在一个宾馆前，一个人去办了住宿手续，服务员们把他抬到了房间里，那个人把他的外套脱下，拿了条毛巾擦拭着他满是泪痕的脸，随即给他盖床被子，两个人就一起离开了。

扶徐世炜的这个人是柳枝，她从窗户里看到了徐世炜放的烟花，也偷偷地开门看到了徐世炜一直坐在楼梯上等林若兰，她没想到徐世炜竟然就这么追了林若兰三年。徐世炜等到凌晨1点，柳枝也是。她看到了林若兰与那个男人的拥吻，也听到了他们在楼梯口的对话。

林若兰在门口看到了柳枝，柳枝很自责地说："我当初错怪他了，没想到他会这么认真。"

说着，她就跟在徐世炜的后面，希望能看着他安全到家。然而，刚出了小区，他就倒在了地上，任凭她怎么拉也拉不动，她打电话叫来了林若兰，两个人一起才勉强扶起他，上了出租车去了宾馆。柳枝给他擦脸上的泪痕，自言自语道："这男人傻得让人心疼。"

林若兰说："不知道为什么，我不敢跟他在一起。"

柳枝说："有人死皮赖脸爱着你，别不知好歹！"

"当初是你极力反对我跟他在一起的。"林若兰还替自己辩解着，分明是柳枝不停地在她面前数落着徐世炜这种男人的不是，现在反过来还说她不知好歹。

"是你的爱情，为什么要听别人的？"柳枝说罢就出去了。林若兰也跟着出来了。柳枝看着她，很诧异地问道："你不留下来吗？想错过一辈子？"

"我已经不是以前身洁如玉的林若兰了，我有男朋友了，我不能这样不明不白地同时对不起两个男人。"林若兰低着头，很伤感地说。

"从明天开始，我要搬回去跟我爸妈同住了，那房子让你住到大四毕业，要好好对待自己的感情，别像我一样，爱情来了，却没有能力投入了。"柳枝苦笑了一下，她知道是她的原因让他们没能在一起，她今天晚上算是赎了罪，是林若兰拒绝的。

谁知，在第二天晚上，徐世炜又打电话给林若兰，林若兰故意不接。他站在楼下大喊："在家吗？如果在，请站在窗边看看好吗？"

她走到了窗前，看到徐世炜正在摆放烟花，他一个个地把它们全点燃了，美丽的烟花飞在空中，开着鲜艳而短暂的花朵。徐世炜说："昨晚为你放的烟花，你没能看到，今天我再放一次，如果你还没看到，我明天再放。"

林若兰连忙打开窗户，把头伸出去，让徐世炜看到自己，回复道："看到了，很美，谢谢。"

徐世炜走了，他打电话给林若兰说："林若兰，我爱你，我知道我很笨，但没有办法不看到你，能为你做任何事我都觉得心里美滋滋的，早睡晚起都不怕，受再多的苦都觉得幸福。你说你交了一个男朋友，希望你能幸福，请求你能答应我一件事，容许我继续像以前那样对你行吗？给你打打电话，去学校门口给你送点水果，在你家楼下给你送好吃的与好玩的，因为都一直这样做好长时间了，突然之间就什么也做不了，我怕我会不习惯。"

　　林若兰艰难地说了一个字："嗯。"

　　在客厅里看电视的那男人，没好气地说："是谁啊？你以后能不能别偷偷摸摸地打电话，你该不会除了我，还有别的男人吧？"

———————————

18

　　转眼就到了大四，尽管林若兰已经有了男友，徐世炜仍像以前一样对林若兰好，不求回报地付出着，心甘情愿地折磨自己，只为了能只真心真意地爱着林若兰。

　　这对于一个已经 26 岁的男人来说，或许是略显幼稚，但是，如果一个男人真的爱上一个女人后，无论他是 26 岁，还是 62 岁，都是这么傻乎乎的，没有任何道理可讲。这就是爱情的神秘之处，它是超越年龄的，无关乎时间，即使她的身边已经有了一个"他"。

　　而林若兰呢，那个号称是她男友的男人似乎对她并没有多好，甚至经常责骂她，为了一点儿小事都可以把她批评得一无是处，甚至还和小姐有过不三不四的关系。林若兰始终是强忍着，因为她不愿意让柳枝看到她的处境，甚至不能让徐世炜看到，生怕会有人笑话她。

　　那天，徐世炜像往常一样打电话给林若兰问候她，电话那头的林若兰在哭泣，他的心猛地疼了一下，随即问怎么了。林若兰说："他要跟我分手……"

　　就这样，徐世炜连忙赶到了她的住处。有三年多没有进过她的家了，他站在客厅里，心里瞬间感觉到一股幸福。当他看到林若兰哭肿的眼睛时，那一抹幸福顿时溜掉了，剩下的是愤怒与心疼。

原来，那男人又找了一个女朋友，要跟林若兰分手，林若兰觉得极其委屈，自己是第一次的全身心地投入，怎么能说分手就分手呢，那男人就失手抽了她一个耳光，摔门而去。

正好徐世炜打电话过来，她没忍住，就哭诉着说那男人要跟她分手的事。

徐世炜不知该怎么安慰她，只是把她抱在怀里任由她哭，他心里比她难受多了，他把她当个宝贝一样放在心口，而别人却那么不懂得珍惜。他觉得这都怪他自己，没能让她接受自己。

有时候，女人就是这样，以为千方百计逃脱了被伤害，却不小心进入了另一个伤害里。殊不知，自己总会被眼前的表象迷惑，不知道什么是真的，什么又是假的。觉得热情华丽的是假的，朴实的是真。真真假假，不投入一番体会怎么能判断得恰当呢？

现在的林若兰知道了自己选择错了，懊悔不已，想到了昔日徐世炜对她的好，更加觉得对不起徐世炜，但又怕徐世炜会看不起她，她又一次陷入了纠结中。

就在这时，那男人用钥匙开门进屋了，他并不是良心发现回来道歉的，而是回来取东西的。一眼就看到了林若兰在徐世炜的怀里，他怒不可遏，破口大骂："你的速度还真快，刚分手就勾搭上了个男人，该不会你跟我好的时候，就在跟他好吧？"

眼前的那男人活像个流氓痞子，一脸的尖酸刻薄相，说甜言蜜语骗女人上床的时候像个人，翻脸无情的时候獠牙就露出来了。

徐世炜冲上去就使劲揍了他一拳，恶狠狠地说："不准你污辱她！"

那男人擦了一下嘴角的血，向后退了几步，可能知道自己不是徐世炜的对手，从桌边抓起自己的手机，说："行，我把她让给你，反正我也不稀罕了。"

他不说后面的一句话还好，那句话让徐世炜更加生气，听罢他就又抡起拳头打他。

徐世炜这可是为爱情而战，力气很大，那男人根本就不是徐世炜的对手，较量起来，只有挨打的份。林若兰看在眼里，心想不能再打了，万一出事了怎么办呢。

她就上前去拉，徐世炜当时在气头上，就随手甩了林若兰一下，正好打在她的鼻子上，当他反应过来时，就连忙住手了。看到林若兰坐在地上，鼻子流血，他急忙放开那男人，随手抓了两张纸巾按住她的鼻子，而林若兰情急之下，朝着那男人说："快跑啊！"

那男人骂骂咧咧地逃走了，像过街老鼠一样。

徐世炜愣住了，他呆呆地问："你还护着他？"

林若兰竟然没脑子地说："无论如何，他也曾是我的男朋友。"

徐世炜把林若兰从地上抱起来，放在沙发上，皱着眉头看着她，眼睛里满是疼惜，好像刚才挨打的是他，不然怎么会浑身疼痛不已呢。他拿起纸巾把她脸上的血擦干净后，又问她："无论他怎样对你，你都可以接受，因为他曾经是你的男朋友；无论我怎样对你，你都无动于衷，因为我曾经是个混蛋，是吗？"

　　林若兰刚想说什么，徐世炜就打断了她，接着说："我把你宝贝一样珍惜，生怕你会不开心，生怕我做得不好，而我在你眼里呢？就是一个大傻帽，就是一个畜生！林若兰，你说是吗？"他流泪了，快四年了，他一心一意地讨好她，无论受多少苦他都无所谓。

　　而她呢，竟然还帮着一个不懂爱护她、疼爱她的所谓男友，他的心都寒了，这么多年了，他才发现他在林若兰的眼里是一无是处。

　　"不是的！不是这样的！"林若兰一边说着，一边想去靠近他。而他，竟然推开了她。就是那样轻轻地一推，徐世炜的心哗的一下就碎了。好疼好疼。那么多个日子里，他想要的不就是林若兰能靠近他吗，而她真的向他走来时，他竟然推开了她。

　　"林若兰，我能为你做任何事情，他能吗？我可以为你去死，他能吗？我能一心一意只爱你一个人，他能吗？我只要看到你有一丝的不开心，心里就痛苦万分，他会吗？我把你看得比我的一切都重要，他会吗？"徐世炜向后退了两步，他很悲痛地看着她，那么多的问题，不仅是在问林若兰，他也是在问自己。

为她做了那么多，她却并没有珍惜过。

"我对不起你！"林若兰不知道该说什么好，她当然知道他对他的好，可是，她以前犯傻了，现在知道错了，希望能来得及。然而，在这个时候，"我爱你"比"对不起"动听多了，如果林若兰知道她只是因为说错了话，从而会让她以后受那么的苦，她会也想有一只神奇的橡皮擦吗？

"对不起？呵呵，原来在你心里，你只是觉得对不起我？我原谅你了，可我却没法原谅自己，好傻啊，做了那么多的事，却只是'对不起'，我也对不起自己。"

徐世炜说着，就拿起桌上的水果刀，很镇定地说："林若兰，我希望我从来都没有遇到过你，这一刀，代表我跟你从此一刀两断，两不相欠！"说着，他就用刀子在自己的心口划了一下，长长的一条刀口，血瞬间就浸湿了衣服，林若兰吓得不知所措，她竟然腿一软，跪在了地上，嘴张得很大，却什么也说不出来。

当林若兰反应过来的时候，徐世炜已经离开了，那地上的血迹很清晰的在林若兰的眼前，她颤抖着去追，从楼梯上摔了下去，昏倒了。

而徐世炜呢，他六神无主地在大街上乱闯，身边的人都躲着他，有人在打电话报警，有人失声尖叫。他浑身是血，自己却没有任何疼痛的知觉了，他麻木了，爱了那么久的女人，竟然会那么无视他的存在。随后，他被一辆车撞倒了。

两辆救护车，他们都昏倒在手推车上，在医院里，就那样擦身而过。

一个痴情的男人，可以原谅所爱的女人不爱他，但是却不能原谅他爱的女人如此不自重，别的男人伤害她，她竟然还去那么勇敢地保护人家。

此后，林若兰打了无数个电话给徐世炜，都没有人接。原来，徐世炜的手机在车祸中丢了，而徐世炜也失忆了——选择性失忆，单单是不记得林若兰这个女人了。

林若兰找了他好久，她说她想要乞求他的原谅。但是，怎么也找不到，她不知道他的住处，不知道他有什么朋友，不知道他在什么地方上班，什么都不知道。她这才知道这三年多，她是那么无情而冷淡，让一个男人痛苦地一个人守候着一份爱情。

她当初并不知道徐世炜失忆，不记得她了，她觉得他还会回来找她的，再怎么无情的人怎么会说不爱就不爱呢。

大学毕业了，她对柳枝说他会回来找她的，希望柳枝能看在这么多年友谊的分上，能答应她一件事：无论这套房子怎么处理，都能在门上贴一张纸，上面写着："世炜，看到后联系我，我会一直等你，等到死。"

林若兰去美国留学了，柳枝的那套房子里一直到现在，都保留着。

柳枝总会不定期地去看那张纸在不在，一旦字迹有点模糊，她就换一张新的，她还给邻居们发了一张照片，是徐世炜的，希望他们在看到这个人后，立即联系她。

而柳枝与林若兰再也没联系过，可能，她们都觉得很内疚吧。

从美国留学回来后，她想也没想就回到了北京，她一直念念不忘徐世炜，一直痛恨自己的愚蠢无知。

19

　　林若兰拿着纸巾不停地擦眼泪，这么多年了，她每次想起那天徐世炜用刀子划他自己的身体时，心都会很疼很疼，泪就会怎么也止不住地流下来。

　　柳含烟握着她因哭泣而颤抖的手，轻声细语地安慰道："谁都曾愚蠢地对待过爱情。"

　　"柳含烟，求你一定要帮我，我现在找到他了，他根本就不记得我了，后来我才知道他出车祸了，把我给忘记了。现在我怀着他的孩子，我不能失去这个孩子，因为他……他就像当年的我对他一样，对我冷漠。唯独这孩子能留住他，不让他离开我，但是时间不多了，一旦这孩子出生，我不知道他……"林若兰很激动地看着柳含烟，眼睛里含着泪，都已经过去那么多年了，旧日的懊悔都一下子浮现在她的脸上。

　　"为什么不就这样算了？"柳含烟试探性地问。

　　林若兰想也没想地说："我爱他，当他离开我之后，我才发现我竟然是那么的爱他，习惯了他对我的好，我无知地把那当成是应该的。现如今，既然命运安排我再遇到他，我怎么能再次放手呢？”

“你凭什么相信我会做得让你满意？”

“因为你愿意帮助别人，我看到有很多人向你求助，你都很细心地帮助她们。”

“我是为了钱。”

“有些人为了钱，做尽了损人不利己的事。”

柳含烟从包里拿出一支笔和一张纸，迅速地写下了自己的银行账号，递给林若兰说：“你说的，一次性付清，付钱后，把他的工作地点和爱好发到我的邮箱。”

“你接受了？”林若兰破涕为笑。

“谁会跟钱过不去呢？”

“我们能先签个协议吗？签好后我再付款？”林若兰在公司里上班那么多年了，凡事都习惯走流程。

“行，那你先准备协议吧，我先走了，再约。对了，这单你请吧？”

“好！”

林若兰看着柳含烟走了出去，过了条马路，拐个弯，就消失了。

这么多年过去了，徐世炜也改变了许多，但他仍旧是一个温暖而善良的男人，只不过，他不那么轻易相信感情了，纵使是失忆过，可能，身体里也产生了对爱情的抗体，使得他很轻易地玩一段激情，但不会长久。

林若兰到家后，徐世炜刚健身回来在洗澡，她迅速地把脸上的妆容洗掉。坐在客厅里，打开电视机。

　　徐世炜洗完澡，穿上衣服后，就准备出门。

　　"新上映一个影片，能不能一起去看？"林若兰把电视关上，可能是因为把他们之前的旧事重新翻阅了一遍的原因，她心里对他有万般的柔情，虽然她知道眼前的这个男人已经全然不记得自己曾经是怎么样疯狂地爱过了。

　　"没时间，你自己去看吧，小区对面就有影院，晃悠过去就到了。我有个朋友明天要开个画展，我去看看有没有需要帮忙的。"徐世炜看也没看林若兰，自顾自地穿鞋，知道没必要对她说得那么清楚，但不希望听到她问详情，所以就和盘托出。

　　"带我一起去吧。"

　　"你？我不觉得你会对艺术感兴趣，还是在家里看看电视吧。"徐世炜说着就出门了，留下林若兰呆坐在沙发上。

　　她很清楚地记得，数月前在酒吧里重遇徐世炜的情景。

　　就在她不抱希望的时候，他出现了，是那么的玩世不恭，她以为他是装作不认识她，而她，也装作内心对他已毫无涟漪，安慰自己他是一个不错的男人，自己也年龄不小了。

　　后来才知道他出了车祸，她想提醒他，但又怕会刺激到他，她觉得这样也好，重新地认识，再重新地相爱。但是，徐世炜已经俨然不像是几年前的愣头小伙子了，而是一个知名的形象设计师，并且在豪华商业区开了一家发型店，房子跟车子都有了。

风花雪月的感情韵事也发生过不少次，对付女人的经验很丰富，当真是把上床当成最终目的了。

然而，让林若兰庆幸的是，他至今未婚。

他们都已经快到中年了，想必这就是命运的安排？

所以，林若兰认定了，她这次无论如何都不会再傻了，不管徐世炜怎么样对她，都是她应得的。她只是希望，徐世炜能仁慈一点，别像她一样，等失去后再懊悔。

孩子已经三个多月了，徐世炜对她的态度并没有好的变化，仍旧是不闻不问，只把家当成是宾馆一样睡觉的地方。她不怪他，但是，她知道现在孩子是他不能离开的借口，那等孩子出生后呢？更何况她答应了他只要等孩子出生后，听他的安排的。万一他让她离开，留下孩子，怎么办？她知道他是看在孩子的分上才收敛一些的。

所以，她希望柳含烟能帮助她，一方面能知道她在徐世炜眼里到底是什么样的人，好的保留，不足的改。另一方面，希望柳含烟能劝劝他，让他珍惜她，纵使不像以前一样那般投入，只要能不分开就行了。

她虽然还不太了解柳含烟，但是凭借多年的阅人无数确定了在柳含烟冷漠的表情下，有着一颗温暖而善良的心。

想到这，她想到了说要跟柳含烟签的协议，并不是怕钱打了水漂，那笔钱对她来说不算什么，她只是想让柳含烟知道应该做什么，不应该做什么，她可不能丢了钱又丢了徐世炜。

尽管她不知道事态会怎么发展，但还是尽量地列好条条框框吧，防患于未然。如果柳含烟没有帮到她，反而害了她的话，她也无所谓了，毕竟她曾为了能跟徐世炜在一起努力过，就好像当年徐世炜不抱希望地爱了她三年多一样，都没有办法预知结果的。

她拿出一张纸和一支笔，写道：

1. 柳含烟不准跟徐世炜上床。

2. 徐世炜跟柳含烟两个人在去任何地方之前，都要告知林若兰。

3. 两个人说的话，挑重点整理一下，以发邮件的形式告诉林若兰。

4. 始终站在林若兰的角度与立场上跟徐世炜说话，劝导他重视眼前的人。

5. 不得在晚上约徐世炜出去，只能在白天。

6. 告知对方家庭住址与手机号码、身份证号码。

7. 没有十分重要的事情，不要打对方的手机。

8. 永远也不要向任何人透露这份协议。

9. 再重申一遍，不准跟徐世炜上床。

林若兰列了九条，并没有写如果违反了协议会怎么样，她知道，很多事情是她杜绝不了的，只要把范畴写清楚了就行。

发了封邮件给柳含烟："我明天把钱汇到你银行账号，上午11点老地方见。"

她不是说要先签协议嘛，为什么协议还没有签，她就把钱先汇过去呢？

她只是想表示一下她的真诚，记得柳含烟的博文里曾写过这样的一句话："希望别人怎么样对你，你就要怎么样对别人，而我，一直是凭着这个原则活在这个世界上。"

第二天早晨，徐世炜9点出门后，林若兰连忙从床上爬起来，穿戴整齐后，就先去了银行汇款，然后去了那个咖啡厅，才十点半，柳含烟就已经到了。

"来这么早？"林若兰说着，就连忙把汇款凭证放在柳含烟的面前。

柳含烟喝了一口啤酒，看着汇款凭证说："我昨天来得也比你早，远远观察了你一会儿后才走过来的。"

"你怕我会是坏人？"

"坏人总不会先说自己是坏人，好人也是如此。"

"给，这是协议，你先看看。"林若兰笑了笑，想必她长得不像是个坏人，不过，她看柳含烟也不像是坏人。

柳含烟看了一遍，像是自言自语地说："不准跟他上床还重申了一遍？我又不是妓女。"

"我是不愿意这种事情发生，希望你能明白。"

"明白，不过我也要先观察下他是不是坏人，他的地址与爱好呢？"凭她的精明，柳含烟怎么会不明白一个有钱但没有了青春的女人的担心与害怕呢。

"他骨子里是个善良而正直的人，只是，对待女人时，可能会……"林若兰没再说下去，她不由得叹了口气，想必都是她害的，他才会如此的贪恋短时间的激情，而不会再把感情长时间地放在一个女人身上。

"他是好人或坏人，别人说的不算，只有我自己说的算。"柳含烟知道，现如今有很多人是徘徊在好人与坏人边缘的，并且徘徊不定，时好时坏。

"我回到家后就把他的信息发给你，那你的信息呢？"

"我收到他的后，先去了解一下他，再决定要不要发给你。"

"这么说，你还没接受？"

"对啊，如果你不放心你的钱，我立即就把钱退给你。"

"不是，好吧，我等你消息，我只是有些着急。"

"我懂得。"

懂得，真是一个温暖的词，尤其是对林若兰来说。

20

　　零点十分，柳含烟站在阳台上吸烟，盯着空洞的城市，夜晚比白天还要让人没有安全感。

　　颜浩林问：如果以后没有我在，你会不会快乐起来？

　　凌乱的房间，满地的酒瓶，白色的床单上狼狈不堪。颜浩林始终还是会离开，无数个这样的夜晚。她听到关门的声音，手里的烟灰抖落一地。

　　这里是一幢楼的第七层，她不喜欢这个数字。颜浩林说：七楼，不高不低，挺好。

　　于是，就租下了这房子。她说：靠近马路边也好，骨子里会蔓延出许多热闹的细胞。

　　已经是夏季，北京不像上海般雨水较多，炎热无比。她穿着吊带长裙站在阳台上看着颜浩林的车子消失在夜色里，指间的香烟突然就灭了。

　　每次当他离开的时候，都会吻她的额头，今天却不是。

　　冷清的马路上仍旧还有行人，她看到了远处有一个女子裹着衣服行走，看不清她的脸，却能感觉到她一身的落寞。

柳含烟踱回床边，踢到了啤酒瓶，吵到了她脆弱的神经，内心出现大片的空虚。她在铺床时发现了他的头发，突然厌恶无比。

今天，是柳含烟25岁的生日。

这里是北京，她从上海来。

那还是17岁的初夏，柳含烟还在上海，她总以为如果在孤单的时候，就应该找个人说说话。她在网上认识了一个男人，他就是颜浩林，他们时常在网上聊天。

颜浩林在北京，经常对她说：来吧，你需要我。

那时候的柳含烟还是长发，穿背带裙，白色的T恤，白色球鞋，觉得微笑很傻。有着碧绿色的眼睛，涂抹着黑色的指甲油，喜欢骑着自行车穿梭在大街小巷，可以在无人的夜晚沿着世纪大道走很久。总是遥问天空为何如此的蓝，蓝得仿佛是水彩画，空旷而寂寥。

柳含烟没有朋友，不合群。颜浩林说：这样可不好。

柳含烟后来想，若是我有朋友，我还会如此疯狂地渴望与你在一起吗？

她喜欢绿色，起初是因为她的眼睛，与父亲的一样。

父亲是荷兰人，因为爱上了母亲，选择留在了中国，在那时，是多么让人艳羡的跨国婚姻，是那么勇敢的爱情，义无反顾地为所爱的人来到他方。童话故事也只是到了结婚就剧终了，真正的生活却并没有那么幸福，他们会开始吵架，有很多的意见不合。

每当爸妈在吵架时，她就会一个人坐在小区的小椅上，看那些斑驳的绿。那个不知名的大树，每到夏天总会长出很绿很绿的叶子，她时常站在树下发呆，觉得很不真实。柳含烟对网络里的颜浩林说：每个夜晚，那棵绿树下总会坐着一个抱着双腿的女孩。

颜浩林问：她是不是喜欢一个人寂静的夜？

柳含烟说：她是不知道如何度过这样寂静的夜。

她又说：我在阳台上种满了仙人掌。

她把她拍的照片寄给他看，他问她：为什么拍的照片都是道路？

她说：我不知道幸福的路怎么走，所以干脆就把它们全拍下来了。

后来，她开始练习微笑，发现笑起来像个傻瓜。

柳含烟对颜浩林说：我真的觉得很怕，会不会有一天我死了，也不会有人知道？

他说：来吧，来北京吧。

她找来地图，努力地寻找北京的坐标，想象着他的位置。

他又说：你来北京，我带你踏遍北京的每个角落。

也就是在颜浩林让柳含烟去北京的那天，他们终于离婚了，吵了十几年了。

柳含烟看到那个女人哭着说：孩子都这么大了，你怎么还忍心抛弃我们俩啊？

那个男人满脸的厌恶，从碧绿色眼睛里透出的厌恶的光，是那么狰狞。

那个女人又说：她有什么好的，我也年轻漂亮过啊！

那个男人把一张银行卡扔在桌子上，冷漠地说：这是我大部分的钱，全给你和孩子，我就不欠你们什么了。

那个女人跪在地上说：求你了，别走！

也是在多年后，当她再次听到从林若兰嘴里说出的"求你了，别走！"时，动容了。她的心在滴血，因为她多么希望他的父亲能面对母亲的乞求时，真的没走。

那个男人还是走了，那个女人追上去。

她把他留下的银行卡塞在他手里说："钱你拿走吧，我讨厌你这些臭钱，你以为我跟你在一起就是图你的钱吗？把钱给那个年轻漂亮的女人吧，别亏欠了人家。"

柳含烟吓得躲在被窝里哆嗦，她仇视她的父亲，那个以为用钱就能解决问题，那个以为用钱就能摆平一个女人的青春与一个幼小女孩的心灵，那个以为有钱就能轻而易举地摆脱一个女人用爱情固守的婚姻的蠢货！

而她更看不起她的母亲，为什么在男人绝情的时候，她还要为他考虑？为什么不再坚持这份婚姻，而是就真的妥协了，手里紧紧地抓着离婚证眼看着那男人拿着钱头也不回地就走了。

为什么不去质问那个婊子，问她为什么抢走一个女孩的父亲与一个没有青春美貌的女人的丈夫？她懦弱地只能把自己关在房间里撕心裂肺地哭，绝望的声音能穿透夜晚。

那时的柳含烟只有 17 岁，她恨她的父母。她叫他们为"那个男人"和"那个女人"，只是因为多了一个"那个年轻的女人"。

柳含烟看到过那个年轻的女人，她应该才 22 岁，很爱笑，胸前有颗痣。她跟踪过他们，没有看到过他们有争吵。所以，他的父亲才会不愿意回家？每次一回家就会提出离婚？

她跟踪那个年轻的女人整整三年了，当她还是 14 岁的时候。她长发、素颜、干净的微笑，喜欢涂很鲜艳的口红，不吸烟。

那个女人对柳含烟说：你爸爸在外面与一个坏女人在一起，他不要我们了。

她对那个女人说：她不是一个坏女人。

那个女人狠狠打了她一个耳光，咬牙切齿地说：你疯了，竟然帮坏人说话！

那个年轻的女人真的不坏，她喜欢穿高跟鞋，有着修长的小腿，喜欢戴长长的耳坠，手腕上带着一个玉镯子。她走起路来是那么飘逸，她对谁都咯咯地笑，她还有着精致的乳沟，喜欢白色的东西。

她明白了那个男人为何日夜逗留于那个年轻女人的身边。

"离婚了也好。"柳含烟抱着那个女人说。

那个女人紧紧地抱着她说：女儿，妈妈现在只有你了。

那个男人就再也没有回来过,他每次回来都很凶,像个老虎。可他跟那个年轻的女人在一起时, 很温柔, 像只猫。

她开始害怕在家,那个女人总是会在半夜里哭,像个幽灵。柳含烟不停地在网上对颜浩林说:我好害怕,我好害怕,我好害怕。

他说:不要害怕,如果你在北京就好了,你还有我。

柳含烟有很久没有去上学了,她的爸妈都不知道,除了颜浩林,她告诉过他的。

她经常把自己关在图书馆里看书。她需要躲起来,她选择了图书馆,没日没夜地看书,她像是一个弃儿,被生活抛弃在书堆里的人。

看书,成了她生活里唯一的坚持,唯一的氧气。

她拍了许多那个年轻的女人的照片,寄给了颜浩林,颜浩林说:真的很美。

于是,她撕毁了那些用三年时间偷拍的照片。

那个女人每个夜晚都发了疯似的哭,她不再跟任何人说话,她不再做任何事。她像是在等待,等待死亡。

那天,颜浩林又说:来吧,我在北京等你,你不应该待在一个不快乐的地方。

柳含烟同意了,颜浩林后来说,他高兴得一夜无眠。

在离开上海之前,她沿着世纪大道不停地走,一遍又一遍,一走就是一夜。快天亮的时候，她站在了那个年轻女人的楼下。

她住在三楼。

柳含烟看到了她窗台上晾晒的男人的衣服，是那个男人的，柳含烟父亲的。

她看到了他们一起下楼，满脸的幸福，还看到了那个年轻女人右手无名指上的戒指，与那个男人右手上的是一双。

他们开着车走了，越来越远，柳含烟就那样目送着他们离开。

她买了一束玫瑰花放在那个年轻女人的家门口。柳含烟觉得自己也爱她了。

而关于那个男人，是不是已经幸福得忘记了他那伤心的老婆与麻木的女儿？

21

在 17 岁的那年冬天，柳含烟来到了北京，坐了十几个小时的火车。当火车驶出上海的时候，柳含烟竟然忘记了那个男人与那个女人的脸。

一路上无眠，未知明天。她是如此的无所畏惧，只因为离开了上海。

柳含烟看到了颜浩林在窗外对着她招手，火车进站，还没有停下来，她看着他追着火车对她笑。

真像个好男人，有着干净温和的笑。当她站在他的面前时，他说："你看起来像洛丽塔。"

然后，她被紧紧地抱在怀里，紧得很疼。

她梳着两个小辫，背着大大的双肩包，涂着绿色的指甲油。他拉着她的手向前走，是如此的欢快。就这样，她被他拉进了北京这座城市，拼了命地挤破头皮地钻进了这座城市。

北京的天空没有上海的蓝，天是灰的。

颜浩林与柳含烟想象中的一样，不算帅，但很迷人，吸烟，笑声像大海，如此阳光。

那时候的颜浩林 30 岁了，颜浩林从来不对她说他的生活，她也不问。

刚到北京的第二天，柳含烟就生了一场大病，咳嗽，发烧。

颜浩林请假陪她，守着她。一边在电脑上工作，一边帮她炖汤，很是忙碌。从不曾流泪的柳含烟，竟然泪流满面。

只是她没有告诉他，他炖的汤好咸。想必，他在家从不做饭吧？

北京的冬天真的很冷，颜浩林不在时，柳含烟总是一个人出去买吃的，冻得蹲街角大哭，她打电话给他，他很快赶来了，紧紧地抱着她冰冷的身子，眼睛都湿润了。

于是，颜浩林不再让她出门，帮她收集了附近所有的外卖电话，买了很多零食，抽屉里放着她一年也用不完的钱。

他那个时候还是很少来看柳含烟，一周过来两次，匆匆地来，匆匆地走。

拥抱时相对无语，大多的时候是她坐在被窝里看着他，他帮她洗衣服。

他说：你是我的孩子，所以本就没有理由地应该照顾你。

而柳含烟每天当夜色降临的时候，就会站在阳台上等他。她能从一排车里，很快地认出他的车子，她也能听出他的车喇叭声。

书横七竖八地躺在书桌上，冰箱里过期的牛奶，阳台上挂着柳含烟并不喜欢的红色内衣，她开始长时间地迷恋写博客，那些文字都与颜浩林无关。

没多久，颜浩林发现了她的帖子，看她写的小说，惊讶于她内心关于悲伤的力量，无数次告诉她："不要这么绝望，生活是美好的。"

颜浩林还说："等冬天过去，一切都会好起来的。"

他会买很多的书给她，她的失语与他不无关系，她每天除了疯狂地写作之外，就是疯狂地看书，他从不买小说给她看，而是买那些抚慰心灵的，他希望她能变得阳光，懂得面对生活。他也禁止她看任何伤痛的小说，他说它们是毒，一个让人喜欢的孩子是应该积极向上，从而认真对待自己的。

她很听话，只要他让她做的，她都愿意。

春暖花开了，北京的春天竟然比上海美丽，满街的鲜花，大片的绿色，高大的树一排排的，墙上的爬山虎是那么坚韧而隐忍。他们去了很多地方，植物园、颐和园、后海，还有许多她忘记了名字的地方。

她开始会笑了，每当她咯咯笑时，他就会说："你的笑声怎么像刀子一样，一次次地刺中我的心脏？"

是真的，他们走遍了北京大大小小的地方。他给她讲北京的历史，告诉她一个人要像北京城一样，无论经过多少次风雨骤变，都要坚强地活下去，无论有过怎样的伤害洗礼，都要保持自我地生活着，无论如何，都是好好地活着。

是真的，他一直在教导她成为一个温暖而坚韧的女人，他一遍一遍地告诉她:生活是活给自己的,你的痛苦、所受的伤害、过往的不堪都只有自己知道,别人体会不到半点。所以,为什么要让自己那么低沉地活着?为什么要委屈自己整天愁眉苦脸的?为什么你不主动去找一些生活中的快乐,而让自己如此的孤独寒冷呢?

他还说:"我要让你快乐起来。"

这一年,柳含烟19岁了。

柳含烟让颜浩林看她的帖子,那分明不再是阴暗而寒冷的文字,没有了痛苦挣扎,没有了残忍与尖锐,多了很多温和与包容,多了很多对美好生活的向往以及对未来的憧憬。

甚至,柳含烟告诉他说:"我原谅了我的父亲和母亲,我不是他们,不知道他们的痛苦,人不能自私地活着,否则,会让更多人一起痛苦。"

她还说:"我的母亲是伟大的,她宁愿自己痛苦,也成全了她爱的男人。"

颜浩林突然就流泪了,他们相拥在一起,柳含烟能感觉到颜浩林身体里的颤抖,他很激动地抱着她,在她的耳边呢喃着什么,柳含烟没听到,她只感觉到自己被他亲吻着,随后,两个人赤裸相对。她不再是他的孩子,而是他的女人了。床单上的鲜红很刺眼,他离开后,她洗了那个床单整整一夜。

随后,他来得频繁了,每次都是晚上来,晚上就走,从不曾待一整夜。有时候他会请假，带着她出去，他说她应该多出去走走。

她学做饭，可他却不曾让她给他做一顿饭，每次都是他烧给她吃。

她学刺绣，自从有次把手指刺出血，他就扔掉了那些东西，禁止她再绣。

她学开车，却每次都是坐在副驾驶座上，他说开车太累。

他纵容着对她的宠爱，很是幸福。他从不曾对她许诺过什么，只是一味地对她好，他每次来都会带很多的书给她，然后待下次来，问她看得如何。他说："女人一定要多看书，这样即使没有那些生活的经历，也有了如何对待生活与他人的经验。"

他还说："女人要学会保护自己，懂得看穿别人的心事。"

只因为他的这句话，柳含烟把他带来的书看得很仔细，因为，她唯独想知道他的心事是怎么样的。她不厌其烦地看书，却发现还不能看穿他的心事，于是，更加不厌其烦。

她对他说："我要回上海看看我的母亲。"

他问："你还会回来吗？"

"会！"

他送她到机场，依依不舍，她亲吻着他的脸颊说："跟你在一起，有着很多的第一次，这是我第一次乘飞机，以前也有很多的第一次，希望以后还会有。"

如果够幸运，会遇到一个男人，他能让女人发现生活，体味那些生活细枝末端的温暖以及卑微到微不足道的幸福，知道什么叫惊喜和快乐，从而温暖而美好地面对世界。

她回到了上海，回到了住在七楼的家，她从口袋里拿出钥匙开门，锁还没换过，她进门，房间里很干净，在客厅里还摆放着一个插着新鲜百合花的花瓶。她四下看着，在阳台上看到了一个背影，头发白了很多，她轻轻地走过去，听到一个熟悉的声音说："孩子，回来了？"

"妈妈！"柳含烟鼻子一下子就酸了，走到那个女人的背后，把手放在她的肩上。

"饿了吗？妈妈给你做饭去？"

"不饿，妈妈，你还好吗？"

"我很好，现在又出去找了一份工作，在图书馆整理书籍。有十几年没出去工作了，还有点不太适应，不过同事们都很热心，从不嫌我笨。"

"妈妈，我……"她眼泪瞬间流下来了，想说的话卡在嗓子眼儿里，怎么也说不出来。

"孩子，别哭，妈妈现在想开了，不能死，就要好好活着，我相信有一天，你爸爸会再回来的，他只不过是一时迷了路，我要等他回来。孩子，妈妈说得对吗？"

"是的，他会回来的。"

"孩子，缺钱吗？抽屉里还有，拿去花吧。"

"妈妈，我爱你！"

一个女人，终于在自我折磨了十几年后想开了，懂得了放手，懂得了成全。柳含烟不知道妈妈为什么突然之间明白了，当她看着妈妈那满脸的皱纹和银白色的长发时，她不由得惊叹，女人这辈子难道都是活在自我欺骗中，才能够得到幸福吗？

而她，也在成长着，不再是整天沉溺在自己世界里的孤单少女了。

她还去了那个年轻女人的家里，她远远地看到那个年轻的女人怀里抱着一个孩子，她脸上充满着慈祥的母爱，那个男人就站在旁边，亲吻了一下那个年轻女人的额头。

那个男人还是发现了她，连忙向她走来。柳含烟想逃，但没逃，她就看着她父亲向她走来，脸上充满着震惊，那个女人则站在原地，脸上的慈祥与幸福还没有散去。

"孩子，我去找你，你妈妈说你消失了！"他把柳含烟抱在怀里，一滴泪落在了她的头发里。

"爸爸，那是个弟弟还是妹妹？"

"弟弟，跟你一样有着碧绿色的眼睛。"

"我能抱抱他吗？"

"好好，来抱抱。"她父亲牵着她的手向那个年轻的女人走去。

"阿姨，我能抱抱弟弟吗？"

"孩子，你爸爸他很想你！"

孩子，这么温暖的一个词。

如果不是颜浩林，她怎么会变成一个温和而善良的女人呢？

22

那天，柳含烟看到了颜浩林的妻子与儿子。

是在商场，他蹲下身子给他的妻子系鞋带，她一手牵着一个男孩，另一只手搭在他的肩上。很幸福啊，画面被定格。那个小男孩稚嫩地喊着他爸爸，手里拿着香芋冰淇淋，然后他们满载而归。柳含烟傻傻地站在他们曾停留的位置，吃着香芋冰淇淋。

她知道他们住在一幢楼的第 18 层，应该可以遥看到很远。

颜浩林的妻子是一个身材微胖的女人，柳含烟觉得是生过孩子的原因。短发、喜欢直呼颜浩林的名字、衣着得体、不讲究名牌、喜欢吃西红柿，是一个受人欢迎的人。

柳含烟曾与她面对面地对视过，然后擦肩而过，柳含烟看着她的微笑，只觉得自己低入尘埃。

他的儿子很可爱，他喊柳含烟为大姐姐。

他说他今年 5 岁，会背很多唐诗，他还说他最爱爸爸，因为爸爸会讲很多很多的故事；他说他长大后要做科学家；他说他妈妈烧的西红柿是天下最好吃的；他说他最爱吃香芋冰淇淋，但爸爸不让他多吃。

他还问："大姐姐你今年多大？"

柳含烟说："20岁。"

他说："20岁你还哭，真羞啊。"

柳含烟就笑了。他指着那个拿着香芋冰淇淋的女人说："我妈妈回来了，我妈妈在那！"那女人很感激地对她说："谢谢你啊，这孩子真淘气，总喜欢乱跑，我找了好久，吓坏我了。"

颜浩林开始经常加班，说他很忙，很是抱歉。

那天下雨了，北京很少下雨的，可那天的雨水很大，柳含烟拿起雨伞就奔去他的公司，摔了一跤，膝盖出血了，但她感觉不到疼。她就站在楼下等他，迟迟不见他下来。她到楼上找他，他的同事说他还在加班。

柳含烟说："麻烦把这把雨伞交给他。"

"你好像不是嫂子吧？我上次见过嫂子的。"

"我是他表妹，顺路过来的。"她浅浅一笑，转身就走了。

虽然颜浩林从不曾提起过他的家庭，然而柳含烟却很清楚地知道。她知道从自己住的地方到他工作的地方，步行是15分钟。她还知道，他每次开车回家都需要经过她的窗前。她知道他的妻子与儿子，知道他的妻子辞职在家当主妇，每周去一次美容院。

他不说，她也一字未提过。

当他问起是否送过雨伞时，她说："我不知道你在什么地方工作。”

他很疑惑，但也没有追问。是的，她知道关于他的事情，远比他想象的多。她还知道他是一个懂得对女人的暧昧拒绝的男人。

他们在一起探讨生活，他说："生活中没有太多复杂的情愫，也没有那些歇斯底里，更没有所谓的绝望。"

柳含烟心想，至于我的世界，你没有走过，你只是经过了我的身体，没有到过我的心脏，所以，你不会知道我内心是多么失语，纵使我多么想要过美好的生活，然而……

他有着一个幸福的家庭，自然是有着阳光的生活。而她呢，她只有他，但她却不敢揭穿那些事实，很残忍，甚至是血淋淋的。当她以为他会是她幸福的归宿时，原来，那只是假象，他就像是一个救世主一样站在她的世界里，告诉她要好好地活着，她照做了。但是，没有了他，生活怎么会是好好的呢？

柳含烟买了一条与他老婆一样的绿色吊带长裙，他看到后先是惊讶，然后说："很漂亮。"

"是不是世界上最好看的？"

"是的！"

她竟然幸福地在心里开满了花，抱着他亲个不停。

他也很开心，说快乐着她的快乐。

他们去了杭州西湖，谁都知道那个美丽的故事，一个女人与一个男人的伟大爱情。沿着西堤走，柳含烟突然就觉得她很渺小，她与他十指紧扣，仿佛是可以挨得过命运。

　　他在西湖边亲吻她，嘴里呢喃着我爱你。柳含烟只知道心口一紧，疼得难受。

　　一个小商贩对颜浩林说："买个幸运宝石手链给你老婆吧，一生都能吉祥如意的。"

　　他竟然就买了，她却因此尴尬无比。

　　晚上，他躲在洗手间里给妻子打电话，她在想象着他们的对话——

　　她问："出差还顺利吗？"

　　他说："是的，还不错。"

　　"我很想你的。"

　　"我也是的。"

　　"儿子在吵着让我给他讲故事，你把安徒生童话的书放在什么地方了呢？"

　　"书房的电脑旁边。"

　　"那你要自己照顾自己哦！"

　　"会的。"

　　他挂了电话，她在窗前吸烟。

　　他说："是不是因为我吸烟，你也开始吸烟了？"

　　柳含烟吐出一口烟，说："我都已经吸了三年啦。"

　　他抽走她手指夹着的烟，掐灭，说："以后，在我面前不准吸烟，求求你了！"

她哈口气在玻璃上，写着："我已经 24 岁了。"

他把她抱到床上，不停地说着我爱你。那一夜相当的长，柳含烟心想：如果我们就殉情在西湖，我愿意，而你甘心吗？

他们还是又回到了北京，他又回到了他妻子与儿子的身边。她对他说："别的女人在忙着谈恋爱、找工作、逛街、为男人哭、为生活叹息时，我都在看书，一边看书，一边爱你。"

他看她在更新帖子，问道："怎么不写写我？"

柳含烟很认真地说："都把你写在我的心里了，如果想拿出来写成文字，无从下笔。"

他哈哈地笑着，吃着香芋冰淇淋。

"你有洛丽塔情结吗？"柳含烟夺过他手里的冰淇淋，往自己的嘴里塞。

"你以前很洛丽塔的，现在都已经是一个 24 岁的女人了。"他说着，还不怀好意地盯着她的眼睛笑。

"我给你生个孩子吧？"

颜浩林突然就呆住了，柳含烟分明看到了他的惊慌。她又说："我只想给你生个孩子！"他还是沉默不语，低着头。

柳含烟跪在他面前说："我真的只是想给你生个孩子，别的什么要求都没了，好吗？"

颜浩林冷冷地说："不好！"

"为什么？我连给你生个孩子的资格都没有吗？"

"那样对你不公平！"

“我不在乎！”

“我在乎！”

然后，他就走了，这是第一次，他摔门而去。

不公平？怎么样才算是公平的？怎么样才算是在乎？柳含烟不明白，她只是想跟他在一起，永远跟他在一起，仅此而已，可以不要名分，什么都无所谓。然而他只会给她钱，带着她去玩，让她幸福，逗她开心，可是未来呢？

那天，她像往常一样跟在颜浩林的妻子后面，看着她被一辆疾驶的摩托车撞倒了，是柳含烟打的120，她守着她一同去的医院。那时，他应该还在认真地工作。

医生说是骨折，但不严重。柳含烟坐在她的床头，说：“不怕，很快就没事了。”

她笑了笑，皱纹在她的眼角与额头已经开始蔓延了，柳含烟心想，她年轻的时候应该很漂亮。她抓住柳含烟的手说：“谢谢你！”

柳含烟刚要走，就被她叫住了，她又说：“也谢谢你没有为难他，谢谢你默默地付出与成全，他一直对我说，说你是一个傻孩子。但是，你总归要有自己的选择，你觉得你爱他吗？你觉得你是发自内心地爱他吗？你愿意与他在一起，是依赖还是一种习惯？原谅他，好吗？他只是一个男人，也请求你能原谅我，我的他是一个丈夫，也是一个父亲！”

“我……”柳含烟千言万语却只能说出一个字“我”，我能怎么办？我该怎么做？我可以原谅谁？我应该怎么选择？

原来，他的妻子早就知道了他们之间的事情，却始终忍受着，谁会愿意看到自己的男人与别的女人在一起？但是她只能接受，然后，还祈祷着他们有一天会醒悟，所以苦苦地等待着，就这样，一等就是八年。现如今，他们的孩子都已经九岁了，她不能怨，也不能恨，只能是心存期待。

颜浩林不知道自己的妻子与柳含烟见过面，在柳含烟要面临选择的时候，他同样也要面临选择，他们已经无法纯粹地在一起了，因为他们必须要有选择，也必须要有人做出牺牲，他的妻子牺牲了八年，接下来要怎么办呢？

就在这时，林若兰找到了柳含烟，请求她能帮助自己，她把自己当成一个金钱的奴隶，她说她只是看在钱上帮林若兰。其实，她只是想试探别人到底什么是重要的，是钱，还是感情？

她还说过这样一句话："跟一个没有感情的人，只能谈钱。"

林若兰的故事打动了她，其实，世间有很多如她般在情感中纠结的女人，没有出路，找不到出路，如果她能化为一盏灯，让别人找到正确的路，她心甘情愿去做。

有些人，到死也不知道自己真的爱过谁。

有些人，到死也不知道自己有没有爱过谁。

23

　　颜浩林来到柳含烟的住处，拿着两张企鹅的图画，手里拎着水果。刚进门就问："宝贝，怎么突然想到要弄两张企鹅的画了？"

　　"你帮我把它贴到墙上后，我就告诉你。"柳含烟慵懒地笑着。

　　颜浩林找到贴布条，很快就把两张图画贴好了，他急忙道："说说看？"

　　"你知道吗？听人说企鹅是终身配偶的，虽然有时候企鹅老公与企鹅妻子会因为迁徙而分开，甚至它们有时候一分开就是好几年，但永远都能找得到对方，你知道企鹅夫妇找到对方后会做什么吗？会将头仰起，拍着翅膀大声唱歌！"柳含烟心想：如果我们都是企鹅该多好，不管我们走失了多久，不管我们分开了多久，总会有一种东西指引我们找到对方，或许是在街角，我们将头仰起，哈哈大笑到哭，不说话也能知道，我们在彼此寻找着。

　　"人类会像企鹅一样吗？能做终身伴侣？不管相遇多少次，错过多少次，最终都能在一起？"颜浩林笑着问道。他已经知道答案了，一个人一辈子可能只会爱一个人，但是如果遇到这个人时是不合时宜的该怎么办？

"为什么不可以？"

颜浩林像哄小孩子般哄她："我们就是一对企鹅！"

"虽然我们是企鹅，但又不是企鹅老公和企鹅妻子。"柳含烟轻声说，不知道颜浩林有没有听到，他去洗水果了。

她原本还想跟颜浩林说，鱼的记忆只有七秒，我想做一只鱼。

柳含烟收到了林若兰的邮件，她只注意到了徐世炜的一个爱好：看书。

她嘴角轻轻一笑，眼睛瞄了堆在墙边如山般的书，她问颜浩林："爱看书的男人多吗？"

"多，我身边有很多。"他在洗草莓，旁边还有芒果等着他切片。

"那你说爱看书的男人是怎么样的人？"柳含烟眼睛没离电脑，在搜索着帖子里的留言，林若兰说徐世炜经常在她的帖子里留言。

"也喜欢爱看书的女人。"

"所以你才让我看书，因为只有这样你才会喜欢？"柳含烟把视线放在颜浩林身上，心里顿时冷冷的。

"我只是想让你爱自己而已！"颜浩林把一个草莓喂到她的嘴里，脸上洋溢着暖暖的笑。

"等我爱自己了，你就能离开我了？"柳含烟穷追不舍。这么多年了，她一直在做着他喜欢的样子，他成了她的王。

"为什么我们要说这些不开心的话题？"颜浩林脸上的笑没了，怏怏地坐在沙发上。

"总是要面对的，不是吗？"

"这是我一个人的问题，我会处理的！"他有点急了。

"不，这是三个人的问题，也可以说四个人的。"她淡淡地看着他，看着他脸上的不快，看着他眼底化不开的惆怅。

"你说什么？"颜浩林很不解地看着她，有点害怕，好像深藏许久的秘密被别人发现了。

"我见过你的妻子，还有儿子，他喊我姐姐。"柳含烟一字一顿地说。

这件事压在她心里五年了，压得她好难受，她每长大一点，压力就大一点，就快要透不过气了，她想要说出来，或者说她一直以为他会坦白。他没说，但她能看出他的痛苦，怎么会不痛苦呢，有两个没有血缘关系的女人同时在他的生活中，他甚至谁都不能失去。她又说："颜浩林，这么多年，你过得心安理得吗？"

他脸上有着复杂的表情，眼睛里闪着痛苦的光。或许他以为，有些事情永远不说，就永远不会想该需要怎么办。

无论多么优雅的人，在面对爱情时，总显得那么盲目而单纯。

柳含烟叹了一口气说："我这么多年，生怕你会对我说你已经有家庭了，我好怕，我甚至都不敢让你说话，我怕听到坏消息,我怕听到你说你不能跟我在一起了。现在,我必须要告诉你,颜浩林,我爱你,但是你必须要给我和她一个交代,我知道这很残忍,那么,你愿意跟我离开这里吗?我们随便去什么地方都行。"这么多年了,她的生活中只有他一个人,他负责她所有的开销,心甘情愿地让她快乐,而她,只能疼痛地面对着这一切。

颜浩林带着哭腔问:"我们就这样,不好吗?"

"我以前也以为这样很好,可是现在,我想要完整的你!"是的,柳含烟觉得是时候摊牌了,她爱颜浩林,特别是当她知道他的妻子已经知道她的存在后,她必须要让颜浩林选择,这算是仁慈,也是一种残忍吧。

为什么非要有选择呢,两个人在一起不就好了吗?柳含烟也曾想过这个问题。但是,她长大了,她不再是一个小姑娘,也不再是他的小洛丽塔,她是一个女人了。

一个女人,凭什么要让别的女人跟她共分一个男人?

"给我一点时间好吗?"颜浩林也没想到,想当年那个柔弱瘦小的女孩,现在已经长成一个坚韧而顽强的女人了,她不再需要他的保护了,甚至还知道为自己争取想要的,他这么多年苦口婆心地规劝,怎么把自己逼到了风口浪尖呢?他时常跟她说:"你一定要知道自己想要什么!"看来,这么多年过去了,她终于知道了,所以,轮到他要知道自己想要什么了。但是,他现在很乱,很茫然,虽然知道这一天会到来,他不知如何是好。

"我等你，因为我爱你！"为什么在说"我爱你"时，心里不像以前那样甜蜜，反而是疼痛无比？怎么会觉得它就像是一根针在蠕动。

颜浩林离开了，背影显得那么苍老而落寞，柳含烟于心不忍，但又能怎么办呢？爱情是自私的。不是吗？她越是痛苦，越想帮助林若兰，一个为情所困的女人，是那么无能为力，让人心疼。可能，林若兰并不算是为情所困，她只不过是在寻找一份她丢失了的爱情。

一个人，能错过的东西，如果可以再重新拥有，该是多么大的恩赐。

柳含烟回复了一条徐世炜的留言："为什么要跟我见面？"

"你写出了很多我想说但说不出的愁绪。"

"愁绪？"

"是的。每个人身上都有一种愁，但它一直都藏着，你的文字勾起了它，让我发现了自己有血有肉的灵魂。"

"明天中午10点见。"柳含烟随即把地址留给了他，她的文字让他发现了他的灵魂？多么的动听，殊不知，她一直都是在用灵魂去写。

柳含烟告诉林若兰："我跟他约好明天见面。"

"你打算都跟他说什么？"

"你打算给我准备讲稿是吗？"

"不是，我只是担心如果让他发现是我出的主意……"

"顺其自然吧，谁都不知道会发生什么。"

林若兰心想，但愿柳含烟是在帮助我的。

那天晚上，她一直坐在电视前等徐世炜回家。很晚他才回来，看到她坐在电视机前，什么也不说。

"明天你有安排吗？"林若兰以为徐世炜会告诉她和柳含烟明天能见面了。他没有，他只是默默地洗澡，然后倒了一杯葡萄酒，坐在阳台上一边吸烟一边喝着。

"有！"他头也不回，透过大大的落地窗，看着夜色。

"有什么安排？"

"你想说什么？"

"明天能不能陪我去医院做检查？"女人有时候就是这么有趣，她千方百计想要试探男人心中她是不是最重要的，尽管已经明知道答案，但还是要试探，并且乐此不疲。

"后天可以。"

"我约在了明天。"

"我明天有事。"

"什么事会比你的孩子重要？"

"林若兰，你能不能不要无理取闹？我明天已经安排好了，分明是你不提前告诉我的！"

林若兰沉重地说："我懂了！"她早就懂了，只不过就是不甘心而已。眼前的徐世炜早就不是那个把她当成全部的男人，他有自己的生活了，她只不过是被他放在墙角的空瓶子。

一个人一旦不爱一个人了，需要多少努力才能把他拉回来？想必谁都懂得的，然而只是不甘心而已。

　　她发封邮件问柳含烟："你觉得徐世炜对我的爱还能重新回来吗？"

　　在第二天早晨，柳含烟才回她："做事情，何必在乎结果如何？努力了就行了，'尽人事，听天命'，一个做错过事情的人，只能希望被得到宽恕，还能对生活要求什么呢？"

　　有很多人是怀有目的去做一些事情，反而弄巧成拙，如果是只讲耕耘，不谈收获或许更能看到满意的结果。人们只是一味地去问得到了什么，却不看看自己付出过什么。努力付出的人不一定都能得到好的回报，更何况从不曾付出的人呢？

　　柳含烟心想：但愿我做的一切，都是对他们有帮助的；但愿他们能幸福地在一起，而不是不情不愿地被说服。

24

柳含烟比约定时间早到了一个小时，这俨然已经成为她的习惯。

她说，与陌生人相约时，应该比对方早到一个小时，这样，就能知道对方是何时到的，又能观察一下对方的相貌、穿着，还能看出对方是不是一个有教养、识大体的人。因为，一个人只有在独处时，才会把自己的真面目表现出来。

她找了个靠窗的位置坐下，点了一瓶啤酒，从包里拿出香烟放在桌上。

这时，茶餐厅里只有她一个客人，她从包里拿出一本书翻看着。昨晚看到一半时睡着了,她一直都是一口气把整本书读完，从不曾断断续续地读，然而现在看的这本书，却需要用一辈子的时间去读，用足够多的时间去感悟。

当她刚看了一页,就听到一个声音从她的旁边传来,询问道："柳含烟？"

她抬起头，看到一张如阳光般温暖而谦逊的脸。他在笑，有点羞涩，像个大男孩。"是我。"徐世炜吗？柳含烟心想，他怎么来这么早?

"太好了,今天终于能见到您了,真不容易啊!"他连忙坐在对面,脱下外套,满脸惊喜地看着柳含烟。

"是不是发现我也只是个普通人,头上没长出一只角?"柳含烟打趣道。

他要了一杯绿茶,还给柳含烟点了一份花样冰激凌,如果不是开车来的,他也想喝酒。

"咦,你在研究《道德经》?"徐世炜一时不知道该说什么好时,就发现了她放在桌上的书。

"最近没什么书可看,不如读读《道德经》,领悟下《易经》。"柳含烟随手把书收起来,放回包里,她本不想让他看到的。

"太巧了,我最近也在看四书五经。"

柳含烟没想到他与自己所想相同,小时候读《三字经》《道德经》,不能领悟其意,只知道它们是精品。现在,有一定的社会阅历,具备自我思考能力后,再次拾起便发现了生活的真谛,懂得了如何面对生活,重新建立起了一种新的生活态度。因为懂得了命运的无常与规律,也就知道了怎么样面对得失与喜悲。

"因为《道德经》,我开始敬畏'水',它可柔可刚,可强可弱,不拒于形,顺其自然,不强求,也不退缩,不抱怨,不骄蛮,无私而坦然。它就是人所向往的最高境界,它所有的灵性是我们毕生所追求的精神财富。"

"是的，我认为所有的文学作品都应该有所担当，它们应该教会我们如何尊重生活，怎么样尊重自我，让我们发现存在的意义，不怨天尤人，自强不息，而不是只让我们看到那些丑陋的思想与作为，要让我们看到美好与温暖的东西。"徐世炜连连赞同。忘记是从何时起开始热爱看书的，但是，他发现越来越多的书缺少它的实际存在的价值，没有积极向上的思想，也不能让他领悟到生活的纯粹。他接着说："我经常看你的博客，因为你的文字里有一种力量，是一种健康的积极向上的，你从不把人分成三六九等，无论他们以前做过什么，或者是有过怎样的身份，只要他们尊重自我，知道自己想要什么，并且为之奋斗，他们就是美好的人。"

"在这个世界上，没有绝对的好人或坏人，甚至我们都没有办法用'好'与'坏'去评价一个人，因为我们不是他，不知道他的处境，不理解他的生活。所以，要尊重他的选择以及他的生活方式，每个人都有自己的无奈，我们何必非要去指责或评判呢？我们唯一能做的，就是理解与尊重，并且希望他们能幸福。"

"是啊，所以，我觉得你是一个特别的人，你愿意看到生活与他人身上的美，从而忽略所有的恶。"

"因为我们都不完美，谁都是跌跌撞撞一路走来的，对他人与对自己的生活，都应该仁慈。"

"社会中需要有一些旗帜与榜样，去净化人们的心灵，就像是我比较欣赏的一位企业家，他说'要让中国的车跑遍全世界，而不是让全世界的车跑遍中国'，说这种话是需要魄力与勇气的，我们缺少的正是这种具备品德的声音。在你的文字里我看到了这种精神，它在教我们学会包容与理解，要我们正视自己的生活与选择，做自己想做的事情，纯粹地去做就行了。"

柳含烟只听进了前半句，后半句视若无睹，她说："提起企业家，你知道我比较欣赏的是谁吗？范蠡！'忠以为国，智以保身，商以致富''持满而不溢'，有些人做任何事都能做好，因为成功的秉性是相通的，成功是水到渠成的必然，而不是偶然。有些人一心想做大官，一心想赚大钱，一心想在公司里升迁，但是，他们却没有一个正确的心态，太注重目的，却没有好的'德性'，即使是满足了一时的欲望，也注定不能长久，且迷失在生活中。"

徐世炜点了一支烟，故意问道："他后来是跟西施一起泛舟隐居了吗？"

"这只不过是一种美好的期许罢了，我们都需要有一些美丽的谎言来充实生活，使得它不会那么寒冷而苦涩。"

"我很好奇你是一个怎么样的女人。"

"一个普通的女人罢了。"柳含烟从没有觉得自己有多么神秘，她习惯于用文字表达，希望能传递一些温暖的东西，不管有没有人在看，她都会写下去，无论如何，都要写下去。

"只不过你善于观察人性，去思考生活，去理解生命的意思，去探讨别人身上的美德与缺失，从而去修正自我的生活，然后试着去感化别人。柳含烟，我说得是吗？"徐世炜朝着她微微一笑，就好像有许多梅花飘落。

"是，或者不是，重要吗？"柳含烟心想，他是懂我的。

她随手拿起一支烟，他连忙凑过来点上，他以为会闻到她身上的香水味，但没有，他想这个身上有着书香气息的女人，还是不要喷洒香水比较好。

"生活要怎么过才合适？你的文章里说吕不韦是失败的商人，因为他丢了自己的性命；说柳如是浪费了雄心大志，因为她不懂得何时把握机会、牺牲小我；说诸葛亮胆小而权欲熏心，枉费了黄月英送给他的那把扇子；说慈禧并不是多么有能耐，而是有着猪一样的对手……如你所说，不是应该尊重任何人的生活吗？为什么要指责他们呢？"

"我没有指责，甚至不敢指责，我只是把他们当成一面镜子，从他们的身上学习并且反思，每一个人都不会有着完美的一生，然而，却有着很多值得我们去琢磨去吸收的养分。我们应该像海绵一样去吸收别人的长处，过滤掉那些残缺的杂质，从而丰盛我们的灵魂，让我们在合适的时候做出正确的选择。"

"现在的我，不会花太多时间去研究别人，而是花时间做一些能让自己开心的事情，尽可能地让每一天都充实，对得起自己。"

"每个人都有自己生活的方式，关键是你要知道，做自己开心的事情固然重要，但是会心安理得吗？比如说，因为你的开心，从而让别人伤心，这算是真的有价值吗？"

"太多地考虑别人会不会太累？"

"那你可以搬去小岛上了，独自的生活，也就不会有谁让你有所顾虑了。"

"太多地考虑别人会累，太少地考虑别人是自私，那你说该怎么办呢？"

"尊重生活！"

"就这四个字？"

"是的，尊重生活，生活才会尊重你，这是相互的。有时候，生活会安排一些事情发生，但不要一味地凭借它的表面去说它好或者不好，任何事情的到来都是有缘由的，我们应该尊重它们，不能逃避或嗤之以鼻。否则，对生活不客气，生活也就对你不客气了。"

柳含烟的这番话，不知道为什么，却让徐世炜想到了林若兰，她就是生活安排给他的，难道他怎么对待她，生活就将会怎么对他吗？

"你多大？"徐世炜知道，打听一个女人的年龄是不合适的，但他很好奇，眼前的这女人看上去不到 30 岁，怎么会那么有深度呢？

"这跟年龄无关！"她是看穿了他的心思，知道了他的诧异。她身上有一种能力，就是习惯性地去观察别人，从而对照内心去思考生活，像是先天性的有这种能力，真的与年龄无关。有些人，一辈子也理解不了生活，自然是学不会尊重，从而亏欠自己一份幸福，到死都还不了，多可悲。。

"能认识你真是我的幸运！"

"别这么早下结论，谁会能提前知道生活中突如其来的一个人，是福还是祸呢？"

"是福不是祸，是祸躲不过。"

"没错，你已经入'道'了，哈哈！"

25

第一次，柳含烟发现自己竟然是个滔滔不绝的人，她不禁怀疑这么多年的惜字如金。

"天啊，我才发现你的眼睛是碧绿的！你是混血儿吧？"

"嗯，跟我父亲的眼睛一样。"

"你除了涂口红和指甲油，从不化妆吗？"徐世炜看着她的素颜，做了那么多年的形象设计师，知道化妆能让女人展现出很多种美。然而，眼前的柳含烟，有着一种素面朝天的风情，是一种恒远的清秀。他不禁喜欢上了她，她给人的第一感觉是冷，慢慢地发现，她就是那样的一种人，有着恒温般的美好。是有一种人，永远的像是置身世外般的冷漠，而其实她生来就如此。

"我的化妆桌上摆满了各种各样的口红与各种颜色的指甲油。"柳含烟就那样不自觉地笑了，浅浅的，云淡风轻般。

"涂着翠绿色的指甲油，怎么没涂同一颜色的口红？"

"你没发现我涂的是浅绿色的唇彩吗？"柳含烟故意皱了皱眉头，当她看到徐世炜很认真地盯着她的嘴唇看时，她又说："开玩笑了，如果你能研发出绿色的口红，我会成为第一个消费者。"

"我会为此而奋斗的！"

"跟我说说你想见我的真正目的？"柳含烟心想，谁会没有理由就想见一个人呢？她承认徐世炜嘴角不经意间邪恶的笑很迷人。

"你觉得我对你有所企图？"

"或许不是？"

"我希望能成为你的朋友！"

"何种类型的朋友？"

"朋友总共分几种？"

"最起码两种吧？"

"分别是？"

"交心的与……"柳含烟故意不再说下去，她突然发现，原本主动的她竟然变成了被动。

"与……"他又在嘴角泛起邪恶的笑，可能，那并不算是邪恶，而是他一直以来的神态，然而，会有人意乱情迷。当然，柳含烟只是觉得他难以捉摸，除此之外，别无杂念。

"你应该懂的。"她故作神秘，自然，柳含烟是想说，朋友分两种，一种是交心的，能分享潜伏在灵魂中的思想；另一种是交面的，表面上很客气，转过身后就变成陌路，直到下次见面后，循环着这种面合心离。

"是的，我懂得，另一种是貌合神离的。"如果是与别的女人，他肯定会坏坏地说，另一种是交身的。任身体交汇，话不投机半句多。因为，他从心底里尊重柳含烟，肯定是不能亵渎。而柳含烟也就像是不容低估的高贵玫瑰，虽然他不知道她喜欢什么花，然而他视她如兰花，她也如兰花的花语般淡泊、高雅。他想到了一首诗：不是生来偏爱兰，缘于神姿自天然。心逐碧草摇清风，嗅得幽香沁心田。

有些女人不能碰，就是不能碰；不能有邪念，就是不能有邪念。

"跟我说说你？"柳含烟心想，这个男人并不庸俗，脑子里装着的并不像林若兰所说的男欢女爱。

"我？我喜欢兰花。"他觉得自己没什么特别的，瞬间涌上思绪里的就是兰花。

"当真？"柳含烟也甚喜兰花，窗台上摆放着一盆盆的兰花。

"孔子曾说芷兰生幽谷，不以无人而不芳；君子修道立德，不为穷困而改节，当然，我的修行还没有那么高尚，我着迷它'兰之叶如莎，首春则发。花甚芳香，大抵生于森林之中，微风过之，其香蔼然达于外'。"徐世炜说完后，倒觉得有点班门弄斧。

"兰花叶态多姿，有着终年常青的色泽，花朵幽香高洁，淡泊自足，我曾读过康熙的《咏幽兰》'婀娜花姿碧叶长，风来难隐谷中香，不因纫取堪为佩，纵使无人亦自芳'，我也就喜欢它了。"

柳含烟心想，这男人竟然如自己一般喜欢兰花。她想到了颜浩林，他喜欢幽姿淑态的海棠花，所以他喜欢温和美丽如海棠花的女子?

"哈,看来我们是注定要相识的嘛。"徐世炜笑了,他家里种了好几株兰花,每天是林若兰在打理着。在林若兰搬进他家的第二天,家里就出现了好多盆兰花,他当时很奇怪为什么林若兰知道他喜爱兰花,林若兰说:"我觉得你应该是喜欢兰花的。"

"要不要跟我说说你的女人?"柳含烟用她碧绿色的眼睛盯着他,像是不容他回避,也不容他说谎。

"很冗长,你可能不会喜欢听。"徐世炜没想回避,毕竟这些都是存在的,尽管显得充斥着情欲。

"说说看?"柳含烟露出很感兴趣的神情,尽管她真的并不感兴趣。

"我有过很多女人,有夜场的,有空姐,有网上认识的,有聚会上认识的,还有公司里的白领,各种各样的,寻欢作乐吧。"徐世炜说得很洒脱,但写在眼里的分明是有些许落寞的,可能男人跟女人一样,纵使有过再多的女人,到头来如果同床共眠的不是心爱的,该是多少有点失落。

柳含烟想到了林若兰,就试探着问:"没有过大学生吗?"

"可能有过吧,都不太记得了,我是不是挺多情的?"

"多情总比无情好,只是,你这已经不止是多情了,达到了滥情的标准,"柳含烟又问,"有过那么多女人,真正爱过的有几个?"

"都有爱过吧,或多或少的。"

"记忆最深的是谁？"柳含烟穷追不舍，装着是脱口而出的。

"是有一个，爱得很深，我的胸口为她划了一刀，但我现在全然不记得她是谁、叫什么名字、住在什么地方，也不记得我们都发生过什么了。只是，看到伤疤时心里会疼，就那种悸疼，每次都很强烈，特别是最近。"徐世炜在说的时候，眼底闪过一丝悲伤，他紧锁眉头，就好像疼痛已经遍袭全身。

"能让我看看伤疤吗？"柳含烟的心里也猛地一疼，无论是怎么遗忘，深爱过的人总会在自己的身上留下疤痕，或许在表面，或许在身体里，它会随着时间的波动而微微地变化着。

徐世炜想也没想便撩起衣服，那是一条长约15厘米的伤疤，如蛇般狰狞，它就蜿蜒地盘在他的左胸口处，柳含烟不禁伸手去摸了一下，徐世炜条件反射般猛地向后缩着，她的手僵持在半空中，问道："还疼吗？"

"偶尔吧。"徐世炜勉强笑了笑，把衣服放下，已全然像一个孩子般的表情。

"一个人这辈子，如果能有一份记忆深刻的爱情，是幸运的。"柳含烟又恢复到之前淡然的神情，抽着香烟，喝着啤酒，绿色的指甲在空中跳着舞。她想到了颜浩林，一个她能用灵魂去爱的男人，何止是深刻，简直是刻进了骨髓里，随着每一次呼吸蔓延开来。

"倘若不能在一起，记忆深刻又有什么用？"徐世炜苦笑了一下，他修长的手指上始终都没有戴过戒指，甚至都想好了，这辈子或许它都不会被束缚着。

"如果突然有一个女人站在你面前，告诉你你这个伤疤就是为我划的，你会怎么办？"柳含烟似笑非笑地看着他，很想知道答案。

"说实话，我也不知道。"徐世炜想了想，摇了摇头。

"好好想想？"

"可能我会说'祝你幸福'吧！"

"为什么？"

"当初那么爱一个人都没法在一起，事过境迁了，怎么还能在一起呢？"

"如果她发现她一直是爱你呢？只是当时很茫然？"

"哈哈，柳含烟，世界上怎么会有这么多的如果呢？"他突然就笑了，声音很凄凉。

"也是，世界上是没有如果的！"她也附和着，不再追问。

柳含烟心想，或许有些事情是真的回不去了，特别是爱情，无论当初是怎么深刻的爱，丢了就是丢了，凭什么相信谁能捡得起来？是不是太不自量力了？

她无意间瞄了一眼玻璃窗外后，紧张了一下，对徐世炜说："你能去一下洗手间吗？"

徐世炜点头，没有问为什么，他站起身，拿起一支烟和打火机就去了。

当她再次把目光投向玻璃窗外后，林若兰不见了，她刚才分明看到林若兰就站在窗外幽怨地看着她，她连忙站起来四处看了看，林若兰就坐在一个不起眼的角落里，翻着杂志。

五分钟后，徐世炜回来了，柳含烟已经不在座位上了，她只是留下了一张纸条，上面写着：我有事，先走了。她还留下了手机号码，徐世炜微微笑了一下，拿起外套也离开了。

柳含烟跟林若兰坐在二楼的一个靠窗的座位上，看着徐世炜开车走了。

"他是个路盲，平时很少开车的。"林若兰目送着他的车消失在视线里，淡淡地说。她又把视线转移到柳含烟的脸上，很认真地问："你会爱上他吗？"

"不会！"

"为什么这么肯定？"

"有种人固然很好，但就是爱不了。"柳含烟说的是实话，像徐世炜这种男人，让人甚是喜欢，然而，她喜欢他就像是喜欢兰花般，因为是那么赏心悦目，如果提到爱情，反而会破坏它的美好。想必在徐世炜的眼里，柳含烟也是那种让人爱不了但却深深着迷的女人。

26

"你们聊得真开心，我好嫉妒！"林若兰苦笑了一下，像是受了委屈的小女生。

"其实，你也可以做到。"柳含烟心想，谁与谁并不是天生的陌路，也并非是天生的热络。

"你是在笑话我吗？"女人的心里充斥着嫉妒时，她们会把安慰当讽刺，把真诚当嘲弄，甚至就连说出来的话都带刺。

"协议呢？我决定签了。"柳含烟看了看她冷冷的表情，就像是一只刺猬。

"我现在很矛盾，不知道该不该跟你签它了。"林若兰手指不轻不慢地敲打着桌面，就像是心跳般的幅度。女人都是很敏感的，有谁是可以值得相信的呢？虽然林若兰觉得柳含烟是一个好人，但是当她看到他们谈笑风生时，心里一阵阵地疼，她越来越怀疑自己的初衷是不是太疯狂了，如果把徐世炜推到一个危险的女人身边，这对自己并没有什么好的。

"矛盾点是什么？"柳含烟微微笑了笑，下意识地点上一支烟，后来想到林若兰已怀有身孕，就连忙掐灭了，尴尬地笑了笑。

她又叫了一杯啤酒，给林若兰叫了一壶水果茶。

"我怕他会爱上你，对不起，我……"林若兰承认自己的心胸狭隘，但是面对一个妩媚而冷艳的女人，像徐世炜这种玩世不恭的男人怎么会按捺得住？他在外面玩一些轻浮的女人倒也罢了，如果跟柳含烟动起了感情，这不是搬起石头砸自己的脚吗？

她开始有点懊悔，在刚开始为什么会把希望放在一个她根本就不了解的女人身上，特别是当她看到徐世炜充满温情地看着柳含烟时，她心里滋生着凉凉的恨意。

"如果他会爱上我，签与不签协议都阻止不了的，不是吗？"柳含烟心疼林若兰眼睛里的尖锐，她知道女人心里的不安全感，只是她也是一个女人，怎么会愿意亲眼看到自己爱的男人投入别的女人的怀抱呢。她懂得，她都懂得。

林若兰从包里拿出一支唇膏，润了润嘴唇，淡淡地说："如果真的那样了，至少我不会抱怨自己傻到可以。"她看着柳含烟，觉得那分明是一双孩子般纯洁的碧绿色眼睛，然而却有着让成熟女人也捉摸不透的心思。

女人就是这么奇怪，在刚开始的时候是那么自信，甚至抓到任何一个人都可以当成救世主，慢慢地，女人会被自己的怀疑与胆怯弄得思绪万千，不知所措，甚至是可以把先前说出的话、发过的誓都推翻，像个无赖一样，但谁也不忍心怪罪她们。

因为，她们已经很弱小了，弱小得再也经不起丝毫风吹草动的伤害。

"他跟我说，虽然他记不得胸口的刀疤是为谁而划的了，但是当他看到那条疤痕时，心里还是会疼的，特别是最近，越来越疼了，很频繁地疼。"柳含烟不可能很坚定地对林若兰说她与徐世炜是决不会苟合的，谁都没有办法斩钉截铁地说出结果，任何的一个小漩涡都有可能改变飓风的方向，谁敢担保呢？而柳含烟唯一能做的，也就是问心无愧吧。

林若兰越是怀疑她，她越想证明自己，是不是每一个骄傲的女人都这般不自量力？

"我有时候真的很想告诉他，那伤疤是为我而划的，可我说不出口，不知道为什么，话到嘴边时总是会卡住。"林若兰的敌意有点松懈了，因为她的心口也有丝丝的疼，一个人疼痛伤心时，会疏于防备。就好像在酒吧里，一个女人失恋了，任何来路不明的男人，她都会想到那是一个温暖的怀抱。

"如果是我，我就不会说。"柳含烟伸出手，抚摸了一下林若兰的手，像是传递些温暖给她。都是为情所困的女人，顾影自怜吧。

"为什么？"林若兰看到了柳含烟那翠绿色的指甲油，长长的指甲很是美丽，白皙的右手上空空的，少了一条珍珠手链与一枚珍珠的戒指。而她的手，则不再是那么的纤细而修长，因为怀孕，有点浮肿。

"我不会对一个被我伤害过的人说：'曾经我是那么无情地

伤害过你，现在我是来赎罪的。'情何以堪？"柳含烟看着林若兰眼角的皱纹与脸上的雀斑，心想：我们在年轻时候伤害过人，到年老时能心安理得吗？

"你觉得我只是在赎罪？"

"你是怎么样理解赎罪的？"

"我是真心爱他的！不是因为亏欠他才爱他的！"她越说越激动，就像是全世界的人都在怀疑她。

"这跟别人有什么关系呢，何必在乎我怎么想的？"

林若兰又恢复了先前的平静，眼睛里的冷漠也渐渐地融化了许多，她还是从包里拿出协议与笔，淡淡地说："这是协议。"

是的，林若兰还是决定要跟柳含烟签这份协议，虽然当她看到他们聊得那么投入时，心里只想着让付出的钱打水漂吧，但是，徐世炜这个人不能被任何人带走。似乎，林若兰是没得选择了，当她鬼使神差地让柳含烟去接近徐世炜时，是那么自信满满，而现在，她只能祈祷凡事能尽如她意，只求柳含烟在做事时能无愧于心了。

一件事情在没做之前，谁都不会想到矛盾重重的，如果只有一帆风顺，怎么会有悔恨难当？

"决定了是吗？"柳含烟还是想确认一下，眼前的这个女人仍旧是一脸的心事重重。

她如实地说道："我好像是没得选择了，只能这样。"

"那我可以把钱退给你，发誓永远不会再与他见面！"怎么会没得选择呢？柳含烟不明白。颜浩林曾对她说：一个人无法选择生活，但是可以选择如何去生活。如果真的是把自己逼入了死角，还可以选择生或者死的。柳含烟有点愤怒了，她不明白女人为什么总是这样怨天尤人，生活分明是掌握在自己的手里的，自己便要束手就擒，该有多傻？

林若兰故作轻松地问："你能做到？如果我跟你不签这份协议了，你可以把我付的钱完整地退还给我，并且永远不与徐世炜见面？"她仔仔细细地确认着，眼睛里分明是怀疑的，那抹怀疑又像是故意让柳含烟看到的。

"是的，我可以做到！"柳含烟义正词严地说，充满着坚定。她当然能做到，金钱与别的男人在她柳含烟的眼里，都如浮云般，因为颜浩林成全了她生活中所有的想象与美好。

"谢谢你！请你签了它好吗？"林若兰如释重负，心想着，如果柳含烟有这份决心，自然是有决心做好自己该做的事的。

柳含烟拿起笔就迅速地签了她的名字，边签边说道："我的信息会发邮件给你！"柳含烟怎么会不懂林若兰的用意呢，曾几何时，我们总是要在千方百计确认不会受到欺骗时，才会放心地把一些心愿交出去，一再确认对方的决心，才会心甘情愿地交出自我。而往往，每个人都是演员，谁不会演戏呢？

虽然，柳含烟是知道林若兰的担心，才故意说出那么坚决的话，却并不是为了博取林若兰的信任，而是她想帮她，单纯地想帮她，就算是丰盛自己那日渐枯萎的灵魂与暂时地逃脱难堪的生活吧。

林若兰收起协议，看着柳含烟身上穿的叶绿色的连衣裙说："你就像我以前的好友柳枝一样，喜欢绿色。"

"我喜欢蓝色。"柳含烟纠正着，虽然她的脖子上还戴着绿色的琉璃项链。

"为什么？"

"因为我爱的男人他喜欢蓝色。"柳含烟在想起颜浩林的时候，嘴角不自觉地泛起笑意。

"徐世炜也喜欢蓝色。"林若兰愣愣地看着她，实际上她在说谎，故意在试探着。

柳含烟先是惊讶了一下，随即说道："我爱的男人叫颜浩林，我跟他在一起八年了。"她觉得，徐世炜就像是她的生活中必须要认识的一个男人。

"能跟我说说你的他吗？"林若兰现在应该是彻底放心了，她分明注意到了柳含烟在说起那男人时，脸上幸福的样子。

"我爱他八年了，还会继续。"柳含烟只是轻轻地笑了笑，说话间云淡风轻的。

她们在门口道别，柳含烟就那样看着她慢慢地走向路边，拦了一辆出租车。心想着，如果我也能有颜浩林的孩子该多好。

每一个活在悲剧里的人，身上也有着让别人羡慕的东西。

林若兰回到家时，徐世炜已经在家了，他正坐在电脑前看柳含烟的博客，林若兰以为他会问她去了什么地方，但他并没有。

"医生说，我肚子里的可能是个女孩。"当她在医院的时候，就想把这个消息告诉徐世炜，她怕他会觉得扫兴。

"哦。"徐世炜关掉了她的帖子，关了电脑，去冰箱里拿出一听啤酒，打开就喝。

"你说过如果这是个女孩，你会再找个女人给你生个男孩？"连林若兰自己也觉得奇怪，是不是怀孕后的女人总会有点没事找事？

"你还记得？"徐世炜忍不住憨笑了一下，他根本就不在乎是男孩，还是女孩。

"怎么敢忘，你说过的话都铭记在心的！"

"你不累吗？"

"累怎么办呢，难道去死？"

"我今天见到柳含烟了，她跟我想象中的完全不一样。"

"为什么要对我说这个？"

"我跟你说过，我肯定会见到她的。"徐世炜就像是在炫耀他的战绩。

"打算何时跟她上床？"

"我跟她的灵魂已经有过一番温存了！"

27

在说出"温存"的时候,徐世炜的眼睛里闪着一种神奇的光,仿佛它是高尚的。

而在林若兰的心里,却觉得那是一件很羞耻的事情,她装作不屑一顾地说:"意淫这个词,很明显就是为你这种男人发明创造的。"

"另一种男人是什么样的?"徐世炜看着她那趾高气扬的神情,不禁觉得好笑,就好像是看到一个自己很痛恨的人受到伤害那样的过瘾。

"爱家爱老婆的。"林若兰心想着,如果徐世炜从此收情,与她安稳地过日子,该多好。

"我也爱家爱老婆,也要有家和老婆能爱才行啊。"

"愿你孤老终生,且长命百岁!"

"你会如愿的!"徐世炜拿出一本书,开始看了。

他清楚地知道,林若兰并不是他的老婆,而且,他跟她住的房子也并不是家,他心里仍旧是有着隐隐的恨,怎么能拿孩子当成要挟感情的手段呢,这太无耻了。

如果，无论怎么样做都融入不到徐世炜的情感世界中，该怎么办？

林若兰一个人坐在阳台上思考这个问题。人是一种很奇怪的动物，能思考，却让自己在"思考"中发现越来越多的不确定，并陷入更多的纠结，总也不知道做出怎么样的决定就是永远对的，也不知道坚持怎样的生活就是绝对的幸福。人们旷日持久所追寻的无非就是一个温暖的归宿，这种归宿是能渗透到命运中的，挨得过宿命。

林若兰收到了柳含烟发来的邮件，上面有她的地址与电话，不知道是怎么想的，林若兰竟然想去柳含烟的住处看一下，或许是想验证一下？谁知道呢。

林若兰倚在书房的门口对徐世炜说："我出去一下。"

徐世炜象征性地应和着，明摆着是事不关己。徐世炜心想，出去就出去呗，跟我说干什么。男女关系就是这样奇怪：它美好起来上帝都拦不住；它如果冷淡了，连陌生人都不如。

林若兰出去了，她没打算开徐世炜的车。当然，她有足够的钱买一辆好车，但她没有，她就像是天生的不喜欢开车，她说那会要了她的命。这么多年了，她宁愿打车也不开车。

按照地址，她来到了一个小区，那是一幢老式的居民楼，没什么特别的，她乘坐电梯到了七层，看到了那个门牌号，她来回踱着，不知道要不要敲门，这会不会显得唐突？看到她后该说些什么？如果她问为什么来这里，该怎么回答？好多问题一下子纠缠在她的脑子里，混乱得让她不知如何是好。

下楼，再上楼。上楼，再下楼。

她来来回回折腾了三次，好容易鼓起勇气站在了柳含烟家的门口，手却迟迟不敢敲门。林若兰心里盘算着，如果柳含烟问为什么来这里，她就说她是来确认下的。这样回答似乎也没有什么不好的，有什么不好的呢？她付了钱，来确认信息总不会有错吧，就如同在签协议前，柳含烟也确认下徐世炜的人品一样。无可厚非的。

就在这时，有一个女人的声音传来，问道："你是谁？"

那并不是充满敌意的，而是诧异，就像是有一个陌生人站在自己家门口，又不知道她有什么企图。又或者这是一个好久都没有人居住的房间，突然来了一个访客，让人不由得惊讶。

"我……我来找柳含烟的。"林若兰转过身看到了她，那是一张和善的脸，应该与林若兰的年龄相仿，但却比林若兰显得老许多，她怀里抱着一盆兰花，开着静谧的花。

"她不在家，出去了。"那女人朝她笑了笑，自顾自地把那盆兰花放在门口。

"出去了？"

"是的，早晨就出去了，现在她在跟我的老公一起吃饭，她没跟你说吗？你是她朋友？她好像没什么朋友的。"想必这个女人以为林若兰是与柳含烟约好的。

"我是她认识的一个人，你是她的？"林若兰不禁觉得好奇，这女人是谁？

"她男朋友的老婆。"那女人在说的时候，如此的云淡风轻，让人不敢相信，怎么自己的老公在外面有女人，却还能如此的平静？

"啊？"

"我先走了！"那女人朝她笑了笑，又动手把兰花往门旁边移了移，就去按电梯了。

林若兰连忙跟上，一同进了电梯，一同出了小区，在小区门口时，林若兰拦住了她，问道："我们能去对面的咖啡厅里坐会吗？"是的，林若兰对她充满了好奇，她希望能够得到一些关于柳含烟的信息。

"不行，我要去接孩子了，他快下课了。"

林若兰忍不住问："你为什么不恨她？"林若兰恨每一个与徐世炜在一起说话的女人，她特别痛恨那些打扮得花枝招展的女人，在徐世炜面前搔首弄姿卖弄风情，而眼前的这个女人，竟然没有表现出丝毫的愤怒，却还大老远地捧着一盆兰花放在她的门口，用意何在？

"因为我爱我老公！"那个女人始终很平静，平静得仿佛是没了灵魂的躯壳。

"只因为你爱他，就允许他跟别的女人在一起吗？"林若兰开始有些鄙视柳含烟，竟然偷别人的老公，却还装得纯情无比。

那女人看了她一眼，无奈地笑了笑，意味深长地说："我只能这样，否则就是在他摇摆不定的时候，把他推到她身边。"

"不觉得委屈吗？"林若兰很心疼她，同样是女人，为什么有些女人要忍气吞声的，有些女人则趾高气扬地抢别人的老公、睡别人的男友？林若兰在替她抱不平的同时也在顾影自怜，自己比她也好不了多少。是不是只有把感情当游戏的女人，才活得潇洒？

"习惯了，生活就是让我们在拥有的同时，需要再去做一些牺牲。"她向不远处的公交车站牌走去，林若兰连忙又跟上。

"柳含烟不知道她现在的男朋友是有家室的吗？"

"这不能怪她，她还是个孩子。"

"孩子？她已经是成年人了吧，应该对自己的行为负责了！"

那女人上了一辆公交车，林若兰也跟了上去。

"你跟我顺路吗？"

林若兰没理会她的质问，就那样坐在她的旁边，扶着一个椅背问："你所做的牺牲，都值得吗？"这个问题也就像是在问自己，她就这样死皮赖脸地与徐世炜在一起，没有幸福，没有疼爱，没有呵护，甚至还要忍受他的冷言冷语，所做的这一切都值得吗？是应该的？理所当然的？

"值得，我不能没有我的丈夫，孩子不能没有父亲。"那女人的脸上永远是那么平和，像是谁也没有办法惹怒她，她就跟柳含烟一样有着恒温，但是她的身体是热的，心是暖的；而柳含烟则是冰冷的，让人不容靠近，也没有办法去拥抱。

"你为什么要把那盆兰花放在柳含烟的门口呢？"

"她喜爱兰花，我在逛花草市场时，看到了这盆兰花，花开得相当漂亮，我就把它买下来了，送给她。"那女人倒还笑了笑，眼角的皱纹一层一层的，没有爱情的滋润，再年轻的女人也都像丢掉了青春似的。

林若兰心想，这女人真不可思议，宠辱不惊的，却不曾想到自己也是如此低微地对待着徐世炜。"要这么狼狈地爱一个男人？多可悲。"

"这就像是一场战役，可以勇猛，也可以不动声色，三个人的战争，如果有一个人先撕破了脸，这关系就很明确了。"她眼睛看着窗外，轻声地说着。林若兰心想，这女人把爱情当打仗一样，这算是在使苦肉计吗？如她所说，她不能放开一个男人，就选择用自己的爱情来挽留住他，让男人陷入两难，一边是爱情，一边是亲情，天平怎么样也无法倾斜，这算是一种很凶狠的计谋吗？那女人这样做，又何苦呢？

"呵呵，就像是命中注定要这样狗血淋头。"

"就打算这样一直生活吗？"何时是个期限？谁能这样永远不明不白地折磨自己？林若兰不禁也在思索着自己的感情，她满怀希望地找来了柳含烟，却不抱希望地与徐世炜在一起，很难堪地与徐世炜睡在一张床上，而维系他们的却是还未出生的孩子。

如果一个女人用孩子来牵绊住一个男人，算是自私还是伟大？

"不，会有终结的一天。"那女人眼睛里满是茫然，就像是不确认下定了决心的决定是否合适，满是惆怅的神情。

"你打算怎么做呢？"

"成全。"

"成全？"

"是的，这么多年过去了，我发现我唯一能做的就是成全，成全他们，也成全自己。"

"你要放手了吗？"

"算是吧，让他们来选择。"

林若兰看着她下了车，向一个学校走去，她则愣愣地没有跟过去。

成全，是什么意思？

它是解药还是毒药？很管用吗？

当局者迷，旁观者清，谁都能很理性地看待别人的爱情，知道谁对谁错，也知道谁傻谁笨。但是，在面对自己的爱情时，往往会显得愚蠢，或者说是纯真。没有办法理性地分析自己的爱情，就像是能很清楚地看出别人爱情中的端倪那样。

跟那个女人的对话，一直徘徊在林若兰的脑海中，她一个人独坐在公园里，开始思考自己的人生，开始思考自己这些天与徐世炜的暗战，开始思考她肚子里的孩子。

有很多问题浮现在她眼前，她需要一个个地去处理，就像是处理公司里的那些事情一样。尽管，她在工作上如鱼得水，然而在生活中却没有办法公正而严谨地处理私事，想必谁都有这种症结，并且会随着自己的人生一直存在，丢也丢不掉。

她给柳含烟发了一条短信，说：我想跟你谈谈。

谈什么？

为什么不是徐世炜？

就是在那一瞬间，林若兰想到的是柳含烟，而不是徐世炜，无论再强悍的人，也会不明缘由地被瞬间蹦出的思绪所左右。

28

　　是柳含烟主动约林若兰去她家的，她说："来我家吧，你知道地址的。"

　　林若兰熟门熟路地又一次站在了柳含烟的家门口，那盆兰花已不见了。

　　她敲了敲门，是柳含烟开的门，柳含烟一只手晾晒在空中，看到是林若兰，亲切地笑了笑，说："我在涂指甲油，橙色的。"

　　这是一套一室的房子，窗户朝南。房间里堆着很多书，没有书柜，直接堆放在墙角，一排一排的。阳台上摆放着好多盆兰花，刚浇过水，叶子绿得诱人。

　　白色的墙壁上，只贴着两张企鹅的图画，显得有些单调而凌乱。

　　林若兰以为柳含烟会养一只猫，或者养很多条鱼，当然，也可以两种一起养，但她环顾四周，并没有发现这些。她说："我以为你会养只猫，或者养一些别的什么动物。"

　　"以前从小区里捡到一只黑猫，后来跑了，再回来时，带着很多小猫，再后来，它们都离开了。"柳含烟坐在沙发上继续涂抹指甲油。这是一种习惯,她每天都会换不同的颜色,可能是因为生活太过于荒芜了吧,总希望能有不同的色彩存在着。

"我养过鱼,一次买了八条,把它们放在鱼缸里,它们相继死了。后来,只活了一条,那一条鱼活了半年,有次,我把它带到公园里,放进湖里了。"林若兰坐在柳含烟对面的沙发上,这是颜浩林经常坐的位置。

"你也这么喜欢兰花?竟然养了那么多盆。"林若兰眼睛看着阳台,她很容易就找到了那个女人放在门口的那盆,它快要绽放了,显得那么有生机。她想到了徐世炜,同样地喜欢兰花,一种她怎么也喜欢不上的花。

"一直很喜欢它,说不出确切的缘由。"柳含烟也顺势朝那些兰花看了一眼,嘴角泛着淡淡的笑,就像是提到了她心爱的人般甜蜜。

林若兰装着漫不经心地问:"全是你买回来的吗?"眼睛也死死地盯着柳含烟,很像是在试探。

"看到角落里的那盆快要死了的吗?就那盆是我买的,其他的都不是我买的,别人送的。"

"你男朋友?"

"这个很重要吗?"柳含烟一下子竖起了锋芒,像是准备自我保护的刺猬。

"不,我只是随便问问,"林若兰若无其事地笑了笑,"你是不是也觉得我很傻?"

"嗯？"

"死守着一个不爱自己的男人，还天真地以为他只是一时的淘气。"

"这有什么不好的吗？"柳含烟闪烁着她那碧绿色的眼睛，倘若是男人，应该都想亲吻她的眼睛。

"前些天，我去了一次我大学时住的那个房子，门上还贴着我离开时写着的那段文字，我把它撕下来了，丢进了垃圾箱。我在想，是不是只有那些没有生命的事物才会顽强地生活在瞬息万变的时间里？无论以前多么冠冕堂皇的感情，总会被慢慢地侵蚀着？"

"一个人，活在这个世界上，不只有爱情这一类感情的。"柳含烟小心翼翼把指甲油瓶收起来，把手放进准备好的水盆中浸泡着。

其实，这句话是颜浩林说的，他的原话是这样的：真正成熟的女人，是不会让爱情成为她生活中唯一的主宰，生活中有那么多的感情，不只有爱情这一类。柳含烟听后只是淡淡地笑了笑，随即问：不把爱情放在首位的女人，会幸福吗？

颜浩林也没有正面回答柳含烟的问题，想必有很多人回答不了，因为，他们总要先打心自问吧，也就是在这个过程中，好像找不到合适答案，谁又能单纯用会或不会回答呢。

"但是，幸福的女人总是拥有着一份幸福的爱情，不是吗？"林若兰顺手帮着柳含烟把那瓶指甲油放回原处，那里有着各种各样的指甲油堆，大瓶小瓶的，琳琅满目。林若兰不明白为什么柳含烟生活里的事物都是扎堆的，可能，能让她喜欢的东西并不多，而一旦她喜欢上了，便不停地收集，不停地堆积。

"幸福与爱情无关，它是自我对生活的一种态度，谁都可以选择的。没有爱情，同样可以活得很潇洒，如果一个人在拥有了爱情后，突然幸福了起来，这是一种偶然。"

"没有爱情，你也会幸福，是吗？"林若兰在问的时候，像是别有用心的。

"不管有没有爱情，我都会让自己幸福起来。"柳含烟发现自己被绕进了一个圈套里，却也已没有办法了。

"你真可以做到吗？"

"我会尝试。"

"那就证明你并没有得到实践过后的结论，是吗？"

"你想说什么？"

"把你生活中不重要的东西，归还给觉得它重要的人。"林若兰一字一顿地说。是的，林若兰希望柳含烟会知道，她所拥有的幸福，是因为有一个女人在默默地牺牲。

柳含烟的眼神里满是疑惑，她茫然问道："是什么东西？"也可能是因为一下子没有反应过来，倒显得有些迟钝。

"一个男人！"

"你都知道些什么？"柳含烟恍然大悟了，倒显得很平静。她竟然还似笑非笑地嘴角牵动着，也是在瞬间就摆好了架势，准备迎接敌人的进攻，就像是做好了兵来将挡、水来土掩的准备。

"那个女人像是快要凋谢的花朵，是不是没有了爱情滋润的女人都如她一样？她说她爱她的老公，所以，她对你好，因为她要让她爱的人所爱的人喜欢她。这是不是挺愚蠢的？但她说她只能这样做，别无选择，三个人的战争，总需要有人先动用武力来打破冷战的局面，她不愿意成为首当其冲的人。如果这样做，就是注定了会失败，她不能失败，因为她还要抚育他们的孩子。"林若兰一口气说了很多，情绪还有着起伏不定的激动。

女人就像是天生的具有英雄气概，无论眼前的恶人有多么的强大，她都会鼓起勇气来宣战，并且不会妥协的。

"这跟你有什么关系呢？"柳含烟的身体颤抖了一下，就像是受到了当众被人剥光了衣服示众般的凌辱。在柳含烟的眼里，似乎那也是一份见不得人的爱情，不然她怎么会觉得自己被羞辱了呢？而她还是故作镇定地反问着，女人无论到何时，都倔强地不肯屈服。

"我一直以为你是一个善良的女人，我发现我错了！"林若兰突然对柳含烟很失望，觉得她就像是一只披着猫皮的老鼠，很不可理喻，甚至有一点不自量力。

一个在爱情中不顺利的女人，总会心疼和她一样的女人。

林若兰就是这样，当她看到那个女人落寞而强大的躯壳时，心里明明是憎恨柳含烟的，可能是同病相怜的缘故吧，林若兰竟然想帮助她，试着说服柳含烟放开一段畸形的爱情。

善良会让一个女人从受伤者，转变成传教士。

柳含烟又一次收回了锋芒，她冷冷地问："你是因为她才接近我的，还是如你之前所说的，因为你自己？"她想把事情弄清楚，这是她的事情，不希望任何人干预，绝对不容许任何人教导她。

"就在今天，我遇到了她，她捧着一盆兰花放在你的门口，她额头上冒着汗，却又是那么心甘情愿。"林若兰要对她摊牌，她的事，与那个女人的事，不能混为一谈，毕竟她还是抱有希望的，尽管她现在对柳含烟的人品表示怀疑。

柳含烟叹息道："我也不知道她为什么要那样做，又是做给谁看。"她不仅弄不明白颜浩林的心思，连颜浩林妻子的心思也弄不明白。在刚开始，她并不知道是谁把兰花放在她家门口，有一天，她听到外面有清脆的高跟鞋声，她透过门眼，看到了颜浩林的妻子把一盆兰花放下，拿着手帕擦拭着额头上的汗。她当时并没有冲出去问她为什么这样做，一直也都没有问过。她不想知道原因，因为她预料到了，这个原因是会让人难堪的。

"你打算怎么做呢？"林若兰看到柳含烟紧皱的眉头，意识到她并不是不为所动的，而是陷入到了一种茫然中，就像是进入了天与地最初还没有变动时的混沌时期。然而，还是要知道该怎么做，不是吗？总是要有个选择的，为己的，或是为他人的，总是要有个结果的。

"我知道要怎么做的，不用你操心。"柳含烟又出现了冷若冰霜的神情，这是让林若兰又爱又恨的神情。

林若兰不由自主地问："能说给我听听吗？"

"你说要跟我谈谈，就是谈这件事吗？"柳含烟言下之意，如果只是谈这件事情的，那么谈完了，你可以离开了。林若兰肯定是看出了柳含烟的意思，她连忙说："一部分是的。"

"另一部分呢？"

"我开始怀疑我这样对徐世炜，到底值得不值得？"是的，林若兰跟颜浩林的妻子聊过天后，她清楚看到了别人身上的傻与坚持。然而，当她独自一个人思考时，却发现，自己不也是像天使般胆怯的一个人吗？以为用爱就能感化一个浪子，以为不放手就能找回曾经丢失过的美好，以为忍气吞声就能让徐世炜有所动容，以为……

总之，她在怀疑了，怀疑她这种生活的状态，难道这就是她所谓的幸福吗？与一个冷漠而对自己完全提不起兴趣的男人在一起，会有怎样的好结果？

"我以前就问过你，你说'没做过的事情，怎么会知道会不会后悔'，难道你现在后悔了？"

"我也不知道，好乱。"林若兰没有办法清楚地说出是否后悔，因为她还是抱有希望的。然而，眼前有许多事情需要面对，让她一时不知道如何是好。

而其实早就有了答案，当她开始怀疑的时候，就证明这并不是她想要的，只不过是不愿意面对而已。柳含烟是懂得的，但她不希望林若兰放弃，她也是充满希望的，因为徐世炜是一个好男人，如果能与他在一起会幸福的。只不过，这需要像唐僧取经般经历很多的劫数，但是很值得。

"那就随遇而安吧，走一步算一步。"这是柳含烟的做事风格，她不会去计较得失，也不会考虑结果了，就那样一步一个脚印地走着，管它会粉身碎骨或是完整美好。

"你也会时常茫然而不知所措吗？"她看到了柳含烟眼里的坚定，似乎是在鼓励她，她心领神会。

"时常！"

谁能说自己的生活就是清晰而透明的呢？每个人都徘徊在无数个选择中，不知如何是好。因为害怕受伤、害怕失去，所以，也很恐惧地面对拥有、面对幸福。无论如何，还是要充满希望地活着，只有这样，才能活得更有意义，茫然只会给生活带来阴暗与更多的挫折。

29

柳含烟喝着啤酒，淡淡地对徐世炜说："如果有人死皮赖脸地爱着你，别不知好歹！"

他们在酒吧，坐在徐世炜与林若兰邂逅的那个靠窗的座位上。

这是个周末，酒吧里的人很多，他们都像是带着防备来的，是不是一副面具戴久了，怎么也摘不下来了？就连睡觉的时候也要戴上，谁会知道自己每天晚上睡觉的时候，是戴着何种面具？而每天早晨醒来的时候，又会换上哪一副？

徐世炜说，只有在酒吧里，他才活得像个人。

柳含烟问他："在生活中呢？"

"像是个演员，固定了角色，还要自己编台词，如果演砸了，也要自己背负后果。"

"为什么要这么悲观？每一个角色，都可以演出喜剧与悲剧的，看我们要怎么选择。"

"还有选择吗？"

柳含烟笑了笑说："当然，我在看《道德经》时，悟出一句话'当

我们在意识到我们是没有自由的时候，就拥有了自由'，同样，当一个人觉得他没有'选择'的时候，他也就拥有着很多的'选择'了。"是否我们在安慰别人的时候，总显得那么富有哲理，而在自我安慰时，却显得理屈词穷？其实柳含烟也时常茫然，时常没有选择。然而，谁会愿意撕开自己的灵魂，让别人清楚地看到孤独的脉络？

徐世炜苦笑了一下，没再继续这个话题。因为他懂得处理生活是需要有艺术的，只不过，他不希望别人看到他的生活是一团糟的，他希望表露出来的是光鲜，不愿意柳含烟看到他那如丝般纠结的生活。"有人跟你说过，你吸烟很凶吗？"徐世炜看到柳含烟是一支接着一支地抽烟，不由得心疼，女人为什么要吸烟？吸给谁看？只不过是成了香烟的奴隶，却还扬扬自得地陷入其中。

"谁会这么不解风情？"柳含烟吐出一个烟圈，粉红色的指甲在空中划着优美的弧度，"我每天烟酒不离，这有什么不好的呢？"无烟酒而不欢，这又有什么好的呢？每个人都像是有着自己的行为规范，不愿意接受别人的批判，纵使自己也知道那并不光彩夺目。

"对于你这样的女人，是不是觉得别人善意的关心，就是矫情？"徐世炜也是烟酒不离手，他知道这没什么好的，只不过，很难戒掉。忘记是从何时起开始疯狂地抽烟喝酒的了，好像是当他从病床上醒来，发现左胸口有一条刀疤，它隐隐地疼痛难忍时，把香烟与酒精当成了麻醉药，并且乐此不疲。

"我这样的？"柳含烟闪烁着碧绿色的眼睛，看着徐世炜。她喜欢把女人分门别类，她经常说有这样一类女人，或者说有这样一群女人，而现如今，却在一个男人眼里，她也成了你这样的女人，不禁觉得新鲜而好奇，她是什么样的女人？

"是啊，很强势，总是要把自己的思想强加在别人身上的女人。"徐世炜笑了，他发现柳含烟的强势，她就好像是高高在上的女王，并不是想得到别人的臣服，而是必须要让别人接受她的观点，无论黑白，她总能说得让人心悦诚服。总之，她是一个不甘心落寞的女人，追求鹤立鸡群的骄傲。

柳含烟若有所思地说："从来没有人这样说过我。"这么多年了，她迷恋着网络，生活中只有颜浩林一个人能说话。颜浩林一直在暗示着她要成为一个温暖而美好的女人，从不曾传达给她任何负面或不积极向上的情绪。

"那我说得对吗？"徐世炜自然是不懂得她生活中的孤僻，也不知道她是在颜浩林的纵容下养成了坚忍而要强的性格，而在跟她的交谈中，发现她是一个不容易被别人灌输思想的女人，只是不停地在灌输给别人她的思想。

"或对或不对吧。"柳含烟掐灭了香烟，眼神迷离地看着窗外。颜浩林一直在灌输给她一些思想，培养她成为他希望成为的女人，就像是封闭性管理的女杀手般，当她被放逐于社会中时，她如他一般，让自己的想法汇成河流去感染别人，让别人如她对颜浩林般无条件地服从。"能跟我说说现在跟你生活在一起的女人吗？"柳含烟言归正传，她不能成为阳光下晾晒的怪物，她需要完成自己的使命。

"是说林若兰吗？"徐世炜并不避讳，他从来都不是逃避生活的男人。

"我并不知道她叫什么，我只是在想，你的生活中应该有一个女人，她成了你的困惑。你知道吗？你的眼睛里满是迷茫、困倦、无奈。一个人，纵使表面伪装得再好，眼睛也是隐瞒不了别人的，不是吗？"柳含烟并没有故作神秘，她第一次看到徐世炜的时候，就发现了他眼底有着浓浓的化不开的愁，就像是被关在笼子里的野兽，就像是手无寸铁的囚犯，就像是奔波在荒漠中的猫。

谁会注定要被情所困？而一旦被情所困，想藏都藏不住。

"你想听？"

"如果你愿意说。"想要的东西与想听的话，装着并不想要，能减少别人的顾虑。

"我跟她就是在这个地方认识的，"徐世炜指了指眼前的桌子，"第一次看到她时，觉得好熟悉，好像在什么地方见过，而那个刀疤处竟然猛地疼了一下，我就跟她相识了。鬼使神差般我请求她搬来跟我一起住，然后，我发现我跟她并不合适，说不出来什么地方有偏差，总之就是难以相处，好像是天生的排斥……就在我以为冷冷就淡了时，她怀孕了。我们现在就住在一起，为了孩子，我一直想找条出路，却待在死胡同里出不来，自作自受吧。"徐世炜苦笑了一下，有些话应该说给别人听，说一遍无奈就减少一点，直到再说的时候不再苦涩，反而就轻松多了。

无论是怎么样的感情，三言两语也能说尽，只不过，其中的滋味却怎么也道不出来，别人能知道过程，却不能懂得当事者的情绪与心情。所以何必演戏给别人看，谁的生活谁懂得。

"她为什么还坚持跟你在一起，尽管你已经表露出你的冷漠了？"

"谁知道呢，她说她爱我。"

"你相信吗？"

"我不想挖空心思琢磨她怎么想的，这不值得。"

"这会不会让人觉得很无情？"柳含烟懂得只有换位思考了，才会知道仁慈地对待别人，而谁又能与一个自己并不爱的人换位思考呢。

"她这样对我，才是真正的无情。"徐世炜对她还是有丝丝的恨，凭什么用爱情与孩子来捆绑一个男人的下半生？纵使在开始的时候，是男人的下半身造的孽。

"如果有人死皮赖脸地爱着你，别不知好歹！"

柳含烟在说这句话的时候，想到了她与颜浩林，他们死皮赖脸地在一起，而颜浩林的妻子则死皮赖脸地对他们好，是谁不知好歹地坚持，又是谁不知好歹地在装作若无其事？

"但是，也要懂得成全吧？"徐世炜知道他是幸运的，因为很少会有女人死心塌地对一个并不爱自己的男人好。然而，幸运与不幸总是隔着一张纸，而这张纸，又被他们捅破了，赤裸裸地让两个人都难堪。但是，固守着一份不幸福的爱情，不如放手，成全两个人的自由。

"只是要懂得成全，是吗？"柳含烟反问着，她只是随口一问，而其实她是在问自己。

"是的，你不也曾写过嘛，你说：在爱情中，最伟大的不是全身心地付出，也不是无私地独爱着谁，而是成全，成全自己所爱的人是最伟大的。"

"没错，我这样写过。"柳含烟并没有说下一句：只是，做起来很难。

"如果她能懂得成全，就好了。"

"无论如何，你都无法再爱上她吗？"

"我也不知道，只是现在，她让我觉得很窒息。"徐世炜当然会觉得压抑，他们就像是在下象棋，她每走一步都在将军，而他只能不停地随着她的棋步而防守着，真的很累。

"我懂了！"柳含烟笑了。林若兰步步为营，徐世炜左拦右挡，就好像背着很重的包袱在徒步，只觉得身心俱疲，却无心欣赏四周的风景。这就是爱情中的你追我躲，却不曾安静地凝视对方，去发现对方的好。

"你懂了？"

"我想我是懂了，有些人是习惯了在爱情中的状态，习惯了对方的状态，如果改变一下，就会发现更多隐藏着的东西。"柳含烟也懂得了她与颜浩林，有时候她觉得她与颜浩林必须要保持着这种状态，然而如果真的狠下心来，换一种状态，可能会发现别样的情愫。关键是，没有人会狠下心来对待自己，以为是仁慈，其实是残忍。

有时，在与别人的对话中，思考自己的生活，或许更能发现事物的真谛，对话不仅仅是聊天，而是一种换位思考。

"什么意思？"

柳含烟说："我们总是在拥有的时候不懂珍惜，在失去时觉得惋惜。"这就像是一个轮回，每个人都会经历，但是每一次都没有能吸取到教训。

"可能吧，管它呢。"徐世炜没再多想，林若兰这个女人的出现，可能就是他多情这么多年的一颗恶果，他必须要吞食，只是这显得让人很烦恼。

"很晚了，快回家吧，她会担心你的。"已经是深夜1点多了，路上的行人渐渐少了，那么漆黑的夜，还是要一个人回家，无论有过怎样的放纵，也无论家里有没有人在等着。

"她就像是我的一个噩梦，真希望在某一天，我从梦中醒来的时候她就消失了。"

柳含烟淡淡地说："可能从那一天起，你就陷入了另一个无尽等待的梦中。"

"你是说，当她离开了，我就会爱上她？"

"谁敢说完全没可能呢？"

"那就希望她给我机会，让我去验证一下吧！"

"你说的成全，为什么要指望别人呢，你怎么自己不先去成全呢？"

"谁愿意看到自己跌入阴霾呢？"

凭什么你爱的人就应该留下，你不爱的人就应该离开呢？凭什么呢？柳含烟心里想着但没说出来，她懂得，的确没有人愿意面对阴霾。

30

　　林若兰与柳含烟在临街的咖啡屋里，她照例要了一壶花茶，给柳含烟要了一瓶啤酒。

　　柳含烟涂抹着米黄色的指甲油，隔着玻璃墙就朝着她打招呼，嘴角有着淡淡的笑意，像个温暖的女人。

　　这是个清晨，阳光明媚无比，是柳含烟约林若兰的。此时的林若兰应该在办公室里开会，曾几何时，大部分的时间都在开会中浪费了，一个会议接着另一个会议，她总是强调，她关心的是数据，永远都只是数据。她那臃肿的身体已经无法穿职业套装，也没有办法挺胸阔步穿梭在偌大的办公室里，她不禁觉得好笑，怎么会有女人愿意怀孕呢？

　　是的，她喜欢取笑自己，当一个人把自己放得很低很低时，她就能承受越来越多的伤害。她心想，徐世炜是打垮不了她的。

　　柳含烟刚坐下，说的第一句话是："徐世炜说你就像是他的一个噩梦。"她眼睛直盯着林若兰，想看她的反应。林若兰只是皱了一下眉头，眼睛里闪过一丝无奈，随后，轻轻地笑了笑，说：

"曾经，他也是我的一个噩梦。"

"现在呢？"

"是一个悲梦。"

"有一个女生给我留言，问我不能跟心爱的人在一起，却有了他的孩子，要留下来吗？我几乎是不假思考地说不能！她问我为什么，我说别因为自己的一个傻傻的坚持而悔恨一生。有人可能会说留下来呗，毕竟算是一份爱的延续。而往往，我们在面对感情中的选择时多了感性，少了理性，"柳含烟喝了一口啤酒，接着说，"要感性做人，理性做事。"

林若兰冷冷地说："就是因为多了像你这种所谓的情感专家，才误导了那么多真情厚爱！"

"如果有人那样问你，你会怎么说？"柳含烟并没有因她的嘲弄而生气，反而是乘胜追击。

"谁都没有权利替谁选择，毕竟这是别人的感情，不是你的。"

"但是她在问，我就要给一个选择。"

"你也可以不给，你只需要帮她分析两种选择的结果就行了。"

"那如果她是在问你，你会怎么说？"

"回家躺被窝里好好琢磨，自己的事，干吗要问别人！"

"呵呵，这就有用吗？"柳含烟不禁笑了，事情永远都不是能琢磨出结果的。

"至少成不了刽子手。"

"置身事外的，也不太像是天使。"

"如果条件允许，傻傻地坚持一下，又何妨？"

"并不是谁都能区分出傻与笨的。"柳含烟知道，有些人傻一次就是影响了一辈子，而笨一下，就是亏欠了自己一辈子。但是，傻得到底值得或不值得，用不了一辈子就能知道。柳含烟又问："那你现在快乐吗？"

"至少我心安理得！"林若兰脸上挂着笑，不管是笨还是傻，这跟爱一个人有什么关系呢？快乐就是爱情的最佳状态吗？林若兰也并不是情窦初开的女生了，她也是经历过爱情的刻骨铭心，懂得了爱情中最重要的是心安理得。无论爱着怎样的人，都没有办法去计较它的得失，只要心安理得了，便是归宿。

"尽管他觉得你是一个噩梦？"柳含烟想到了她对颜浩林说的话：这么多年，你过得心安理得吗？心安理得，并不是一个人的感觉，而是受这份感情所左右的所有人。

"这又怎么样，他曾经不也是我的一个噩梦吗？可后来呢，我用了那么多年，都无法摆脱他，快乐是一时的，谁都不能因为贪图一时的欢乐，而背负着一辈子的悲伤。"在林若兰眼里，爱情就跟公司中的业绩一样，不能因为一时的高低而判定某个人是怎么样的，谁都可以欺骗所有人一时，但不可能坚持一辈子。快乐也是一样，它是短暂的，而真正长久的东西，并不一定是以快乐为开端的。

"你把他当成你了。"柳含烟是同意林若兰的说法的,然而并不是谁都如自己一样的。

林若兰很坦然地笑了笑,说:"如果有一天,有个女人很爱很爱他,他也同样,我会离开的。"而这也是受颜浩林妻子的影响,很多时间她会思考那个女人的话,谁都不能没有理由地坚持,因为爱一个人,可以很卑微地在他的周围,倘若有一个女人能够接替自己的爱,离开也是一种幸福的姿态。而现在,徐世炜身边并没有可以陪伴终生的女人,她不愿意看到他孤独终老。

"如果我是你,我现在就离开。"柳含烟终于说出来她这次约林若兰出来要谈的主题。是的,她想让林若兰离开,就算是下一个赌注。

"现在?"

"是的,何不顺了他的意,从他的生活中离开?"

"你们是不是发生了什么?为什么会劝我离开?"林若兰的脸色变得很难看,忧愁猛地就浮现在脸上,就像是始终见不到阳光的绿色西红柿。

"我来给你分析一下,如果你们的生活中不会出现大的变故,你所有的付出都会让他觉得是包袱。将心比心,想想以前的你们,他为你做了那么的事,坚持了四年,如果不是有个男人伤害了你,你会意识到原来他为你承受着那么多的苦吗?你不会被他感动的,会觉得那是理所当然,就如同现在的他一样,他说他感觉到了窒息，你认为这种坚持有意义吗？何不趁现在还有回旋的余地时，破釜沉舟？"柳含烟停了一下，给林若兰的空杯里倒茶水，接着说："如果你现在离开，他不会紧张；那么以后的离开，他更觉得是件值得庆祝的事情！"

"现在就离开，我不甘心。"林若兰抚摸着自己的小腹，还有两个月孩子就要出生了，她怎么能在这个节骨眼上离开呢？

"难道你想等孩子出生后，再听从他的决定？如果他执意只要孩子，你怎么办？"

"孩子是不能没有母亲的！"

"孩子难找，但是孩子的'母亲'好找。"

"我是不会把孩子给他的！"

"那当初你发的那短信，就让他掌握了话语权，如果你不按照他的意愿去做，他肯定会鄙视你出尔反尔。"

林若兰想到了那条短信，是当初徐世炜不愿意回家时，她按照柳含烟的指示发去的。她当时太有信心了，觉得只要他能天天回来，她是可以挽回他的心的，没想到这么多天过去了，他仍旧是冷冷冰冰的，一点回温的征兆也没有。"是你当初让我发的！"

"对，是我让你发的，那已经是存在了的东西，后悔也没有用，所以现在要想出一个新的对策。"

林若兰苦笑了一下："自己设了一个圈套，让自己跳了进去。"

"生活本来就有很多的圈套，不是你跳进去了，就是别人跳进去了。"

"你指的新的对策，就是让我现在离开，是吗？"

"对，退一步，反而能掌握主动权。"柳含烟发现，爱情真像是带兵打仗，一味地进攻并不是好事，反而会中了埋伏，不如向后退一下，仔细观察好局势，再调整作战方针。更何况徐世炜的意思已经很明白了，林若兰的坚持在他看来是种折磨，那还不如就发发慈悲，放手了，让徐世炜自己去琢磨吧。

"不！"很干脆的一个字从林若兰的嘴里说出来，她很坚定地看着柳含烟，像是没有一点妥协的余地。

"你既然敢为他生孩子，敢面对他的冷落，为什么就不敢离开他呢？"

"我不会再跳进另一个圈套里。柳含烟，我很怀疑你的用心，你是在帮我还是在害我？"林若兰从座位上站起身，脸上很不愉快，她想要离开了，是的，她很怀疑柳含烟的用心了。现在离开徐世炜，无非就是全盘皆输，这么长时间的坚持都成了炮灰，林若兰当然不愿意。

"你连你自己都不相信，当然不会相信别人！"柳含烟冷笑了一下，用人不疑与疑人不用，讲的都是结果，而不是过程。在过程中，谁都是充满着怀疑的，只有结果摆在眼前时，才会恍然大悟，体会出别人的用心良苦。柳含烟心想，硬着头皮向前走的路，并不见得就是一条阳光大道，为什么不懂得适时地换一条别的路？

"谢谢你！我知道自己该怎么办！"说罢，林若兰就离开了。

柳含烟透过厚厚的玻璃窗看到林若兰消失在视线中，她无奈地叹了口气，为什么非要一条路走到底，纵使撞得头破血流也要走下去？为什么就不能转过身，向另一个方向走，或许还能看到柳暗花明。

坚持，到底是什么？并不是一味地在看不到结果的混沌状态中蛮撞，而是不停地调整方向，不断地修正自我，从而去适应当下的状态，然后再拼出一个结果来。

柳含烟也离开了咖啡屋，进了一个银行，她把林若兰的钱，都还给了她。

并不算是决裂，而是有一点失落，可能无论一个人再怎么努力地去博取信任，都只不过像演戏般成了小丑，而却连解释的欲望都淹没在别人拂袖而去的冷漠中。

可能会有一天，林若兰会懂得柳含烟所谓的退就是进的境界，而林若兰却绕不过自己的心结，她知道水滴能穿石，却忽略了朽木不可雕。她不愿意看到徐世炜如她一样懊悔，却不曾想到徐世炜如以前的她一样烦躁不安。

一个人总是没有办法完全站在别人的处境去思考，不知道徒劳地做一些事情无非就是给别人增加困惑，如果能懂得放手、知道成全、无所谓得与失，或许拥有的会更多。

林若兰收到了一条短信——到账通知，是柳含烟打来的款，与她打给柳含烟的数目相同。她连忙拨打柳含烟的手机号码，提示此号码不在服务区。

　　她久久地站在窗前思索着，夜色已经很深了，她仍旧独自在办公室里待着。

　　有些人，所缺少的就是静下心来好好想想自己的现状，一个人，总要给自己留些回头的路吧，而来时的路，还清晰可见吗？

31

这是一个早晨，柳含烟听到有人敲门，她看到门口站着一个女人，是颜浩林的妻子。

她朝着柳含烟浅浅地笑，不像是有恶意。

她进屋后先是四周环顾了一下，就坐在颜浩林常坐的沙发里，面带歉意地说："很抱歉，早就应该来看你了。"

柳含烟很平静地看着她，耸了耸肩，说道："他不在这里。"

"是的，我知道，他下午会过来。我想跟你谈谈，可以吗？"

柳含烟没说话，只是轻轻点了点头，她始终是那么温和，就像是海棠花一样。柳含烟心想，如果她能没有像个泼妇一样无理取闹，该多好。

"你也是个女人……"她说着，酸楚地看着柳含烟碧绿色的眼睛，声音竟然哽咽了。过了一会，她强装着平静，接着说："你们在一起有八年了吧？"她不由得苦笑了一下，问："你有我爱他吗？"

柳含烟就那样看着她坐在沙发上，苦涩的表情像云朵一样浮现在她的脸上，那是一张日渐枯萎的脸，有着花谢般的惆怅。

柳含烟没说话，低头玩弄着指甲。

她走到柳含烟的面前，抚摸着柳含烟的发丝，像是母亲在抚摸自己的孩子般，她叹了一口气，无奈地笑了笑，又说："我想好了，我应该成全你们，可是我问不出口'颜浩林，你愿意娶她吗？'孩子，你能帮我问他吗？如果他愿意娶你，我心甘情愿祝福你们。"她抬起柳含烟低垂着的脸庞，柳含烟看到了她的眼睛。她接着说："如果一个男人真的爱你，他会给你一个名分的；如果你真的爱他，就算是他不给，你也会要的。"

她在离开之前，还说了一句话，她说："我跟他生的孩子已经九岁了，也懂事了，我怕孩子以后会看不起他，所以是时候要让他做出选择了。"

柳含烟站在阳台上，看着她穿过马路，拦了一辆出租车，在上车前，还朝着柳含烟家的阳台看了一眼。柳含烟一下子就想到了妈妈，那个女人满是期待地说："我相信有一天你爸爸会回来的，他只是一时迷了路。"每个人的坚持都是有期限的，颜浩林的老婆忍受了八年了。八年，对于一个女人来说意味着什么？

下午，颜浩林真的来了，他拎着一条鱼和一些水果，刚进门就笑呵呵的，像是回到了自己的家。

柳含烟把椅子搬到阳台上，安静地涂着指甲油，阳光轻洒在她的身上，像是一场无声的洗礼。"宝贝，在涂指甲油呢？今天涂的是什么颜色？"颜浩林像往常一样热情，完全不知道就在上午这里进行了一场暗战，没有硝烟，却两败俱伤。

柳含烟头也不抬，轻轻地答道："天蓝色的。"

"这颜色我喜欢。"颜浩林也搬了一把椅子坐在柳含烟的旁边，看着她小心翼翼地涂抹着。那是一种清脆的蓝色，他还记得她在发现它时的惊喜若狂，真是如获至宝。在他眼里，她就是这样一个容易满足的女人，一直以来都是如此。

"我也喜欢，但却拥有不了它，我希望全天下的蓝色都归我所有，可惜啊。"

"喜欢一样东西，不一定拥有了就快乐的。"

"但是如果拥有不了，是肯定不快乐的吧？"柳含烟抬起头看了看他，眼角有一丝哀伤。

"想必你也知道，一个人快乐与否与她拥有什么东西以及拥有多少无关的。"颜浩林一直都是这样，他会很合时宜地劝告她关于生活的真谛。

"你跟我在一起快乐吗？"

"当然快乐！"

"如果我跟你在一起的同时，还跟别的男人在一起，你还会快乐吗？"

"你怎么啦？"颜浩林这才意识到这并不是一次单纯的对话，因为有些如果根本就是不能说出来的，柳含烟却问了他这样的一个如果，他的答案当然是不快乐，那么，她到底想说什么呢？

"这个问题你是回答不了，还是不敢回答？"

"你到底想说什么？"颜浩林在时隔多年后，又一次看到了柳含烟眼里的绝望，就像是眼前没有路可走了；就像是被生活逼进了死胡同里；就像是世间再无爱可留恋了；就像是被痛苦包围着，快乐全军覆没。

"我想说两个词，希望与成全。"柳含烟漫不经心地把那瓶蓝色的指甲油放在一旁，伸展了一下身体，把双手背朝阳光，眼睛不自觉地眯成一条线。她接着说："先说希望，其实希望这个词挺残忍的。我的母亲，她跟我父亲一直吵架，她硬是坚持着不肯离婚，因为她以为她的婚姻还是有希望的，就在父亲离开后，她仍旧是抱着希望，暗无天日地等待着他回来。浩林，你知道什么叫成全吗？成全就是牺牲自己让别人得到幸福与圆满。我母亲，她有一天终于觉悟了，成全了我的父亲，宁愿自己活在痛苦中，也咬着牙决绝地看着他头也不回地离开。"

颜浩林想把柳含烟抱在怀里，他看着她颤抖的身体，眼角有泪。

她拒绝了，站起身，背靠在阳台上，遮住了阳光，就那样看着颜浩林，说："你的老婆，她对我说'如果颜浩林能娶你，我会心甘情愿地祝你们幸福'。八年了，她一直知道我们的事，却从来没敢狠下心来面对，因为她一直以为你们还是有希望的。浩林，你会理解一个明知道自己的老公在外面有别的女人，却还坚持着的'希望'吗？你会理解一个深爱着你的女人，当她发现她唯一能做的只有成全时，心里有多么的苦涩与痛苦吗？"

颜浩林咬着下嘴唇，一言不发，心里也在沉思着。柳含烟笑了，撕心裂肺："浩林，我们都是残暴的刽子手，在伤害着一个手无寸铁的乞丐，她一直乞求着你会良心发现，也一直乞求着我会懂得仁慈，我们都没有，在被诅咒的爱情里扬扬自得，我们是要下地狱的！"

希望，是一个残忍的词，它让人们能想到美好，却抓不住。内心坚持着一份希望，却让自己苦苦地活在挣扎中，一点也不能自拔，陶醉在自己的想象中，艰难地活着。

成全，是一个温暖的词。一个人的成全好过三个人的纠结，成全了你的潇洒与冒险，成全了我的碧海蓝天……成全了你的今天与明天，成全了我的下个夏天……刘若英真是懂的。

那背后，尽管它注定着会有一个人牺牲，然而如果能为自己所爱的人做点什么，为什么要吝啬呢？在爱情中，有些人坚持着、忍受着、折磨着，却学不会成全，害苦了三个人。

真正懂得成全的女人，才是最高尚的人，才是男人应该挽留而一生不放的。

颜浩林怎么会不懂得呢，他知道他妻子这么多年默默地付出与坚持。然而，他迷恋柳含烟，这种迷恋是与灵魂一起缠绵的。他谁也不愿意放开，但是却只能同时伤害。曾经，他想过跟他的妻子离婚，与柳含烟在一起，而当他看到妻子是那么善良温和任劳任怨时，他就心软了，尽管他知道那是同情，不再是爱情。他读了那么多的书，却也没能研究出感情为什么这么纠结。把选择权交出去，或许心里会好受点吧。他说："这么多年，她始终都没有跟我摊牌过，就像是若无其事一样，我怎么会不懂得呢。你来做决定，好吗？"

柳含烟顿了一下，淡淡地说："我想回上海，跟我的妈妈一起生活。"

颜浩林竟然脱口而出一句："倘若我愿意娶你，你能嫁给我吗？"或许是自私心在作祟吧，谁会愿意让自己成为受伤害者呢？他爱她，愿意为她抛妻弃子，私奔远方，只要她也如他一样有勇气。

"你应该回家问问你的妻子：倘若她成为过去，你能原谅我吗？"柳含烟冷静地看着他眼里的灼热。她爱他，这毋庸置疑。如果真的爱一个男人，看到他身边有比自己还爱他的女人，凭什么还要霸占着他呢？如果只是因为打着爱一个人的旗号，而让他成为万夫所指，沦为众矢之的，这并不是爱情，而是激情。

"这么多年了，你甘心放手吗？"

"这么多年了，你的妻子始终都不甘心放手。"

"如果你是我，你会怎么办？"颜浩林知道，眼前的她已经是一个成熟的女人，她也知道了该怎么做选择。爱她，就应该尊重她，尽管心里有很多的不舍，但又能怎么办呢？他也累了，这么多年，他爱得也很累。

"回到妻子和儿子的身边，把之前亏欠他们的用一辈子的时间，加倍补偿给他们。"柳含烟知道，她也应该学会成全，成全他完整的家庭。如果他回归了自己的家庭，她还能安慰自己，他是一个正直的男人。

"我们都应该懂得成全，是吗？"

"是的，我们都应该懂成全！"

颜浩林的妻子给柳含烟上了很深刻的一课，一个女人只有善良地对待生活，对待伤害，她才能得到安慰与美好，否则，只会换来更大的伤害。因为，我们都只会被善良的心感化，却绝对不会屈服于恶劣的威吓。

他说他会按照她希望的样子去生活，说不出再见，他只是轻轻地抱了抱她，呢喃了一句："我的企鹅宝贝，如果有一天，我们再见面了，就不要放手了，好吗？"他在走之前，从墙上撕下了一张企鹅的画，努力地笑了笑，站在门口半晌，硬是迈不动脚，笑容牵强，表情拘束。过了一会儿，他说："宝贝，再让我抱一下，好吗？"

颜浩林就真的走了，门被关上时，柳含烟一下子瘫坐在地上，仿佛世界顿时塌陷了。

第二天，柳含烟要离开北京回上海。她看到了一张信用卡，是从门缝里塞进来的，她把信用卡紧紧地握在手里，压抑了那么久，终于泣不成声。

她带走了另一张企鹅的画，或许会有一天，在一个什么地方，说出了再见，但也总有一天，还会在别处相见。

32

每个人都是别人的老师，总有值得学习的地方。

有些人始终把自己的姿态摆得很低，从别人的生活中去寻找智慧，去发现灵感。

悲剧之所以在不停上演，就是因为所有人都拿历史当文学，换回一些感慨。

其实，生活有很多捷径的，他人就是实践者，却还总有人走错路。

柳含烟不见了，她的帖子有一个月没有更新过，发给她的邮件总是没有回复，林若兰去她住的地方找过好多次，始终没有人开门。有次，一个邻居对她说，之前住在这里的女孩搬走了，房东已经收回了房子，准备装修一下，就卖出去。

离预产期还有一个月，林若兰准备开始休产假了。她不得不考虑孩子的户口问题，却又不知道该怎么开口向徐世炜提出结婚的请求。

林若兰装着漫不经心地说："我最近在想，孩子的户口怎么办？"

徐世炜正在啃苹果，他也想到了这个问题，孩子是他的，如果不跟林若兰结婚，孩子的户口自然是上不了，这种状况他承认当时没想到，而现在却需要面对，让人烦心。他冷冷地说："我也不知道。"

"是不是我让你很心烦？"

"会有很多烦心事要面对。"

"是不是如果我离开了，你就会像以前那么快乐？不用整天愁眉苦脸的了？"

"至少我不会觉得窒息。"

林若兰苦笑了一下，说："你知道吗？我一直想做你的氧气面罩，却不小心在面罩里释放出了那么多的二氧化碳。"她又说："孩子还有一个月就要出生了，我一点心理准备也没有，真希望这个孩子就像是哪吒一样，在娘胎里待个几年再出来。"

"只有妖精才能生出妖精。"在徐世炜眼里，林若兰绝对是一个道行很深的老妖精，如此不动声色地忍气吞声，如果是普通的女人，早就跳起来甩手不干了，而她却能坚挺这么久，真了不起。他想到了柳含烟写过的一句话：当女人有了胆识，豪门的男人也只不过是个精子。虽然他并非出身豪门，而他却似乎也不可避免地成了一个精子。

"妖精也不是毒不入身、伤不入骨、恨不入心的。"林若兰也拿起一个苹果啃，她努力地抬起头，生怕眼泪会落下来。徐世炜说的"我也不知道"，就是这简单的五个字却像刀子一样，

226

但凡是有点感情，总会为对方规划未来的，怎么能一句"我也不知道"就打发了呢，真让人哭笑不得。

"你中过毒、受过伤、有过恨吗？"徐世炜心想，她什么时候也矫情起来了，像她这样的女人应该是强悍到百毒不侵、百害不伤、百恨不理的，怎么活像个受了委屈的女生，即使如此，却也激不起他半点同情心。可能无论多么善良的人，耐心也会被耗尽，总不能一直对自己的敌人抱以同情心，不是吗？

"我以前伤害过一个男人，一直都没有办法心安理得地再去爱别人。"

"所以，我就成了替代品？把我当成他的替身？想偿还了？"

"这不算是偿还吧，像是报应！"自始至终，林若兰都不觉得这是赎罪，或是偿还，这就像是顺理成章的延续。可能她还有着少女的幻想，以为错过的一个人，绕了一个圈后，能重新开始，好像事情并没有这么简单，甚至林若兰都没有办法理直气壮地告诉他，他就是她以前伤害的男人。

"你受到了报应，把我也牵连进去，我也太冤枉了吧。"

林若兰没忍住，笑出了声，她笑着说："说不定是你先做了什么亏心事，牵连到我了。"

报应，是一个很苦涩的词。现在，却成为为自己开脱的借口。

是真的有报应吗？恐怕只是因为内心的不安吧，从而相信了宿命的存在，如果真的可以心安理得去生活，怎么会被牵连进报应中呢？

林若兰看着徐世炜，他好像是老了许多，是受她的折磨吗？而她呢？又是为谁所害？总不能把所有的一切都归结于生活的残忍吧，这些全然不都是自己造成的嘛。

徐世炜没再继续那个话题，谁都知道他是不愿意面对它的，尽管它已经迫在眉睫了。他莫名地想到了柳含烟，他打去的电话总是提示不在服务区，发去的短信石沉大海，就像是这个人从来都没有出现过一样，他很沮丧地说："柳含烟不见了！"

"可能，每个人总是要回归到自己的现实生活里吧。"林若兰心想，每个人都曾在两个世界里存活过，一种是现实层面的，一种是精神层面的，无论在精神世界里徘徊多久，总是要回归到现实生活中的。连她自己都一样，是真的应该回到真实的世界中了，那些幻想与希望都只不过是精神世界故意放出的诱惑，看上去很吸引人，相当的迷人，然而，却也有着无穷无尽的黑暗，以及永远都无法触及边缘的恐惧。谁会甘心生活在脚不着地的半空中？纵使脚下所踩着的是无尽的折磨与不堪。

人在清醒的时候，就会发现现实的生活才是最好的归宿，然后慢慢地走向它，就像是走进地狱，但也不愿意回头。因为生命很短暂，踏实地活着，才算不亏此生。

"需要这么不声不响吗？连个告别都没有。"他在说的时候，满是失落，就像是失去了灵魂般。莫非是真的，谁也不知道下一步会遇到谁，而又在什么地方丢失了谁。但是，如果能挥一挥手道别，轻轻说一句再见，可能还会有一天再见到。

"谁会知道，在某一天醒来，接下来会做什么梦？"林若兰想到了徐世炜说她是他的一个噩梦，如果没了她，他会做什么梦呢？多年前，她曾经在失去他后，不停地做着悲梦，而他呢？如果谁都可以选择性失忆，可能就不会再做梦了吧。

"关于孩子，你还有什么想说的吗？"徐世炜想到了柳含烟说过的一句话："你怎么自己不先去成全呢？"如果他成全了她，谁又来成全他呢？然而，他却真的想成全她，如果这是个报应，就让它有个终结吧。

"我们不再说这个话题了好吗？或者改天再谈？"林若兰婉言拒绝说出她的想法。是的，她没有话可说了，至少现在什么也不想说。她不知道徐世炜此时是怎么想的，当然不愿意先袒露自我，以免中了埋伏。

看吧，谁都像是一个充满智慧而机灵的军事家，然而，如果在自己的感情中还玩尔虞我诈的游戏，是不是显得太有心计了？结果应该也不怎么理想吧。

其实，徐世炜想说："如果你想跟我结婚，那我们就结婚吧。"毕竟，他也觉得倦于周旋了，怨恨也好，烦躁也好，都需要面对的，如果林若兰真的死心塌地地跟着他，那么，要先让孩子有个家吧。好吧，他承认他认输了，挨不过林若兰的倔强，只能这样了。

他没有说出他的真实想法，而她当然也不知道。

有些人以为有些话就算是不说出来，也有人懂。然而，不说出来，谁会懂得呢？

那么多的误会与伤害，全都是因为话到嘴边没说出口，错过的，就成了遗憾，而归根到底却发现是自己造成的，多可悲。

徐世炜很感慨地说："我现在终于发现，面对生活时，真的很无能为力，但是，谁都要面对自己的生活。"他向生活屈服了，因为，他发现自己真的老了。

"谁说不是呢！"林若兰心想，是的，要面对自己的生活，也要懂得如何面对不再爱自己的男人。

就在第二天，林若兰收拾了自己的行李，离开了徐世炜的家，没有留下任何字条。她买下了柳含烟以前住的那套房子，搬了进去。她还是听从了柳含烟的建议，选择了离开。阳台上还摆着以前的兰花，快枯死了，她连忙浇水，希望它们都能恢复生机。

有时，人离成功只有一步之遥。就如同当年的孙悟空一样，如果再向前迈一步，他就能逃得脱如来佛的掌心。可是，谁又能知道迈出了一步，到底能不能够得到成功呢？

从徐世炜家搬出的第一天，她到公司里请了产假，手机很安静，她却不能心如止水。

从徐世炜家搬出的第二天，她买回来好多盆兰花，也在墙上贴着两张企鹅的图画，每一秒钟就像是种煎熬，她在猜想他知不知道她离开了。眼睛不时地看着手机，期待徐世炜能有所反应。

从徐世炜家搬出的第三天，她盯着行李箱发呆，衣服始终都不曾放进衣柜里。像是不出意外的，她收到了徐世炜的短信，上面写着："你太任性了，竟然不告而别！"

她竟然都来不及开心一下，就连忙拖着行李箱去了徐世炜的住处，一路心急火燎地到了门口，拿出钥匙开门，发现锁被人换了，她气得脸都绿了，直接踹了门一脚。

而旁边，有个男人的笑声传来，很温情地说："我的大小姐，小心别动了胎气。"

定睛一看，她开错了门，而那个男人，笑得却像早晨的阳光。

"你搞什么鬼？"看到徐世炜，林若兰明白了一半。

"有朋友给我讲了一个故事，说有男女朋友分手后多年，在一个城市不期而遇。男方问你好吗？女方答好。男方又问他好吗？女方答好。女方问你好吗？男方回答好。女方又问她好吗？男方答她刚告诉我她很好。林若兰，我不想到那个时候，再和你发生这样的对白，你明白我的意思吗？"徐世炜说。

静静地听完，林若兰笑了，但是眼睛里分明含着泪水！

那一刻，她很感激柳含烟。

林若兰不知道，远在上海的柳含烟，也很感激她。

图书在版编目（CIP）数据

成全 / 今何夕著. —天津：天津人民出版社，2012.12
ISBN 978-7-201-07774-1

Ⅰ.①成… Ⅱ.①今… Ⅲ.①长篇小说-中国-当代 Ⅳ.①I247.5

中国版本图书馆CIP数据核字（2012）第263942号

成全

作　　者：今何夕
出 版 人：刘晓津
出版发行：天津人民出版社
总 策 划：贺鹏飞　黄　沛
策　　划：林东林　刘文莉
责任编辑：刘子伯
特约编辑：宗珊珊　华　丹
装帧设计：Metis 灵动视线
　　　　　TEL:010-85989482
社　　址：天津市西康路35号　300051
网　　址：www.tjrmcbs.com.cn
经　　销：新华书店
印　　刷：三河市三佳印刷装订有限公司
开　　本：640×960毫米　1/16
印　　张：14.75
字　　数：140千字
印　　次：2012年12月 第1版　　2012年12月 第1次印刷
书　　号：ISBN 978-7-201-07774-1
定　　价：26.80元